결혼하고 싶지 않았는데
못하게 되었다

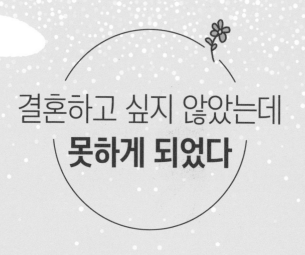

결혼하고 싶지 않았는데
못하게 되었다

글 · 그림 **정변**

유노
북스

PROLOGUE_ 아무것도 아닌 이야기 ①

'겨울만 되면 늑대목도리, 여우목도리 준비해야겠다는
농담을 하던 시절이 있었다'라고
회상하는 민희씨는 옛날 사람

민희씨는 초등학교 고학년 즈음부터 만화방에
출입했다.

그 시절의 만화방은 어른들의 세계였다. 단행본도 요즘과는 달랐다.

민희씨가 중학생이 된 무렵 전문 도서대여점이 생겨나기 시작했고, 그곳은 분식집보다 더 단골이 되었다.

당시 민희씨는 남녀공학 중학교를 다니고 있었는데,
사춘기에 접어든 친구들은 온통 치정 멜로에 빠져
있었다.

그때 그 시절을 민희씨는 이렇게 기억한다.

고등학교 시절엔 오빠의 영향으로 무협 만화, 스포츠 만화 등등 다양한 만화를 읽기 시작하며 시야를 넓혔다.

인문계 여고에 다녔던 민희씨가 만화 속 주인공이 되긴 힘들었다. 선생님을 좋아하기도 하고, 빠순이가 되기도 했지만 주인공 함량 미달이었다.

아침 6시 50분에 등교하고 밤 10시 10분에 하교하는 생활에선 로맨스고 나발이고 없었다.

그저 만화를 즐겨 읽었던 흔한 여고생의 치열한 수험 생활만이 있을 뿐.

PROLOGUE_ 아무것도 아닌 이야기 ②

지친 심신을 다잡기 위해 우드카빙에 도전한 민희씨
방구석에 드러누워 뒹굴뒹굴하는 게 지친 심신에 최고라는 걸
아직도 경험하고 고생해야 아는 서른 8살

주인공이 되고 싶었으나 불가능했던 10대를 지나
민희씨는 20대가 되었다. 진정한 주인공의 등장!!

이라고 생각했으나 순정 만화의 주인공이 되기엔
순정이 모자랐고(미모도)

무협 만화, 판타지 만화의 주인공이 되기엔 너무
평범한 현실에 처해 있었으며 (시도는 해 보았으나
아무 일도 일어나지 않았다)

개그 만화나 호러 만화의 주인공이 되기엔 냉소적이고 쫄보라 불가능했다.

이거 왜 불어?

삐리리~

이렇게 어설프게 그려 놓고도 무서워~

《삐리리 불어 봐 재규어》 《소용돌이》

어영부영 실패기를 담은 리얼 다큐 몇 편을 찍은 듯한 20대를 멀리 보내고, 해탈한 30대마저 누군가의 조연으로 보내려던 순간

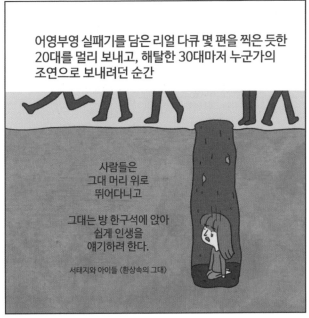

사람들은
그대 머리 위로
뛰어다니고

그대는 방 한구석에 앉아
쉽게 인생을
얘기하려 한다.

서태지와 아이들 〈환상속의 그대〉

민희씨는 생각했다.

그리고 결심했다.

'옛날 옛적 어느 먼 나라에 예민희라는 아주 예쁘고 착한 공주님이 살고 있었어요'

라는 이야기 말고, '2020년 대한민국 서울에 별로 착하지도 그다지 예쁘지도 않은 30대의 예민희가 숨은 쉬고 있어요'라는 이야기

등장인물 소개

예민희 (39)

오빠의 결혼식으로
부모님 집에서 쫓겨나게
된 작은 출판사 직원.
결혼을 원하지 않았지만
결혼을 못하게 된 게
아닌가 고민한다.

자주 사색에 잠긴다.

아빠 (70대)

정년을 맞고 둘째 딸의
아이들 육아를 도와 주기
위해 이사하여 막내딸과
함께 살게 된다.
막내딸의 결혼이 마지막
남은 과제라고 입버릇처럼
말한다.

단호하고 따뜻한 성격

엄마 (60대 후반)

아빠와 함께 탁구 치는
취미를 가지고 있다.
종종 소개팅을 가장한
선 자리를 가져와 엄마의
마지막 소원이라며 민희씨를
꼼짝 못하게 한다.

밝고, 정 많은 성격

큰언니 (40대 전반)

민희씨의 큰언니.
나이 차이가 좀 있고
일찍 결혼을 한다.
첫째 딸로 뭐든 잘해 내는
만능 재능꾼.
다른 지방에 살며 정이 많고
눈물이 많다.

오빠 (40대 전반)

민희씨의 오빠.
민희씨의 방패막이가
되어 주다가 늦은 나이에
급 결혼을 한다.
첫 화에서 결혼하고 자주
등장하지 않는다.

10.8선언의 단초가 된다.

작은언니 (41)

민희씨의 작은언니.
2살 터울인 민희씨와 친구같은
사이로 뼈가 있는 조언을
자주 해 준다.
귀여운 시절의 민희씨를
그리워하며 변해 버린
민희씨를 안타까워 한다.

적설적이며 호쾌한 성격

배익현(39)

민희씨의 고등학교 친구.
빵집을 운영하며 아들 둘을
키우고 있다.
민희씨의 고민에 항상
정곡을 찌르는 대답을
해 준다.

조용하지만 할 말은 하는 성격

박애주(39)

민희씨의 싱글 친구.
모두를 사랑하는
박애주의자이며,
와인을 사랑하는 애주가.
민희씨처럼 결혼의 압박을
받고 있으나 자유로운 연애를
추구한다.

소심한 듯 대범한 성격

남방희 (38)

민희씨의 대학 후배.
민희씨와 가장 친했던
대학 친구로, 함께 친했던
대학 선배와 결혼했다.
민희씨에게 결혼의 장점을
이야기해 준다.

호탕하고 유쾌한 성격

마진호 (40)

민희씨의 대학 선배.
민희씨, 애주씨와 함께 망우회의
멤버로 마지막까지 싱글로
남아 있을 것 같았지만
결혼을 한다.
마지노선은 결국 민희씨일까?

무심한 듯 다정한 성격

왕자님 (40)

민희씨의 첫사랑.
한 번씩 등장하여 민희씨의
원망의 대상이 되곤 한다.
부유하게 자라 왕자님이라는
별명이 있으며 로맨티스트다.

민희씨의 성격 형성에 많은
영향을 주었지만 자신이
그런 존재라는 것을 모른다.

연하남 (37)

민희씨의 대학 후배.
결혼을 꿈꿔 보게 했던
사람이지만 민희씨에게
질려서 떠나 버린다.
민희씨에게 상처받고, 다시
그대로 돌려준다.

느긋하고 둥글둥글한 성격

목차

PROLOGUE _ 아무것도 아닌 이야기 · 004
등장인물 소개 · 014

01. 오빠의 결혼식 · 022
02. 왜 이렇게 된 걸까의 '얕은' 진단 · 032
03. 무서운 여자 · 042
04. 이상형은 개뿔 · 052
05. 버튼이 눌리는 순간들 · 062
06. 혼자 남겨지는 것에 대하여 · 067
07. 이상과 현실 그 사이 어딘가 · 077
08. 현실과 지옥 그 사이 어딘가 · 087
09. 비혼이세요? · 097
10. 모두 어디로 간 걸까? · 107

11. 마음의 거울 · 117

12. 나를 두고 가는 당신들에게 · 127

13. 롤러코스터를 타고 · 137

14. 청바지가 잘 어울리는 여자 · 150

15. 내 몸 하나 뉠 곳 어디메뇨 · 160

16. 특별한 날, 초라한 마음 · 175

17. 너는 계획이 다 있구나 · 185

18. 가느냐 마느냐 그것이 문제로다 · 195

19. 내 마음대로 안 되는 게 인생 · 205

20. 디테일이라는 높은 벽 · 215

21. 나이 상대성이론 · 225

22. 외로움이 나를 부를 때 · 235

23. 몸이 재산이라면 난 가진 것 없네 · 246

24. 후회하지 않는 삶 · 258

25. 새로움이 무뎌지는 날들 · 268

26. 롤 모델 혹은 반면교사 · 278

27. 누구에게나 주어진 어떤 하루 · 288

EPILOGUE _ 특별하지 않다는 안도감 · 305

미공개 단편 _ 딱 그만큼만 · 310

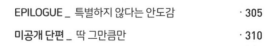

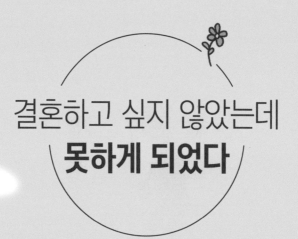

결혼하고 싶지 않았는데
못하게 되었다

01. 오빠의 결혼식 ①

결혼식에 입을 옷 사라고 준 돈으로
쇼핑을 하고 돌아오는 민희씨,
현재 나이 서른 8살

오빠가 마흔하나에 결혼을 한다.

부모님은 만세를 부르며 그동안의 걱정과 근심을
날려 버린 듯했다.

그리고 그걸 지켜보는 나는 불안해졌다.

결혼식이 다가올수록 불안함은 커졌다.

결혼식엔 그 흔한 눈물도 없었다.

오빠의 신부는 나보다 한 살 어렸기 때문에

신부의 부모님도 우리 부모님과 마찬가지로 신이 난 상태로 결혼식 내내 흥겨운 분위기였다.

이미 결혼을 한 언니들은 아이들 두 명씩 남편과 함께 짝수로 팀을 이뤄 참석했다.
(색을 맞춰 입은 한복과 혼주화장과 올림머리)

작은언니네   큰언니네

식의 모든 순서가 끝난 후 단체촬영 시간, 신랑 측 직계 가족 사진의 주인공은 바로...

갈 만한 사람은 다 갔다고 생각했는데 아직도 남아 있는 사람이 있었구나...

백 년 만에 받아 본 청첩장을 보고 결혼식에 가 볼까? 하고 생각한 결혼식 프로불참러 민희씨

모든 친척의 덕담(?) 화살을 겨누게 할 만큼 신랑 신부 사이로 우뚝 솟은 나였다.

자식들을 모두 결혼시킨 고모들의 덕담들(?)

본인들도 지겹도록 들었으면서 이젠 처지가 달라진
사촌 언니 오빠들의 걱정들(?)

아직 결혼 안 한 동생들의 다양한 소원들까지

결혼식에서 온갖 부담만 떠안고 집으로 돌아왔다.

오빠의 결혼식 며칠 후, 아빠가 사뭇 진지하게
대화를 시도하셨다.

그것은 바로, 최! 후! 통! 첩!

10월 8일 그날을 기념하여, '십팔선언'이라 이름 짓기로 하였다.

남은 기한은 1년
결혼하고 싶지 '않'았는데, '못'하게 된 예민희에게
어떤 일들이 일어날까?

02. 왜 이렇게 된 걸까의 '얕은' 진단 ①

본인 나이 든 거 생각 못 하고
과자 비싸졌다고 놀라는
민희씨는 서른 8살

퇴근길, 버스를 기다리며 초등학교에 들어가는
조카 생각을 하다 문득 초등학교 시절이 생각났다.

다들 한 번쯤은 그려 봤을 나의 꿈 그리기 시간이다.

민희는 미술 시간을 가장 좋아했다.
(잘 그린다고 착각하며 살았던 것 같다)

매번 꿈은 바뀌었지만,

공통적으로 항상 혼자였다. 단 한 번도 누군가와
함께하는 꿈은 꿔 본 적이 없었다.

다른 친구들에게는 가족이 있었다. 90년대 초반은
더더욱 그런 시절이었다.

어릴 때는 그게 이상하다고 느끼지 못했다.
(세상이 본인 위주로 돌아간다고 생각하던 아이였다)

그때부터 뭔가 잘못된 걸까?

'십팔선언' 이후, 원인을 찾는 민희씨였다.

02. 왜 이렇게 된 걸까의 '얕은' 진단 ②

더 이상 키스씬에
아무 감흥이 없는
돌처(돌아온 처녀) 민희씨

3월, 연두색 새 잎들이 꿈틀대길 기대하지만
꽃샘추위와 거친 봄바람으로 춥기만 하던 대학
1학년 민희의 캠퍼스

1학년부터 4학년까지 한 팀으로 묶어서 기숙사
생활을 했던 탓에 선배들과 왕래가 잦았다.

그중 2학년에 왕자님이라 불리던 선배가 있었다.
무려 팀장이라는 감투를 쓰고 계셨다.

어린 민희에게는 서울 말투를 쓰는 왕자님이 진짜
왕자님으로 보였다.

그 왕자님은 미래에 대해 이야기하기 좋아하던
야망가였다.

그때 확실히 경험했다. 누군가와 미래를 약속하는
건 매우 위험한 일이라는 걸.

옛 기억을 떠올리며 '내가 왜 이렇게 됐을까?'
얕은 진단을 해 보는 민희씨다. 하지만 그게
그렇게 간단한 이유일까?

여러 회사를 전전하다 늦은 취업으로 서른여섯에야 출판사에 들어갔다.

어린 나이가 아니었으나, 바로 직속 상사 빼고 모두 나이가 많았다. 그중 정과장님은 캐릭터가 확고한 분이었다.

지금은 친해졌으나 초반에는 데면데면했다.

서른 이후부터였던가, 신상 조사가 시작되면 그 끝은 정해져 있었다.

신상조사의 흔한 루틴은 이렇다.

딱히 이유가 있어서 남자친구가 없는 것도 아닌데
그런 질문을 받으니, 순간 버튼이 눌린 것처럼
입에서 말이 흘러나왔다.

제가 눈이 엄청
높아서 남자친구도
없어요.

굳이 낮추고
싶지 않아요.

그래서
결혼 못할 것 같아요.

웃음기 가득

꾸욱!

꿀꺽
꿀꺽

방어 기제 작동!

그 순간 분위기가... 싸아아아아아...

ㄷㄷㄷ...

．．．．．．

담소를 나누던 테이블에서 민희씨 혼자 웃었다.
그리고 약 10초 뒤 다들 따라 웃었다.

그 뒤로 소개팅 한 번 주선해 주는 사람이 없었던
걸로 보아 다들 '건드리지 말자'고 생각했던 듯
하다.

03. 무서운 여자 ②

수많은 머리카락과
매일 이별하며 살고 있는 민희씨는
매일 새롭게 슬프다.

민희씨는 여고를 다녔다. 여자들의 우정 다툼은
남자들의 주먹질보다 골치 아팠다.

047

대학에 가고 친구들의 성별이 둘이 되었다. 물론 마음 맞는 여자친구들도 있었지만 거의 대부분이 남자친구들이었다.

원래 외향적인 성격이기도 했으나, 왕자님 사건 이후로 '연애 따위'라고 생각하다 보니 더욱더 편하게 다가갈 수 있었다.

대학을 졸업한 뒤에도 이 우정들은 한동안 다를 바 없었다.

문제는 그 후부터였다. 한 명씩 여자친구가 생겨 결혼을 했고 우정이 흔들리기 시작했다.

대학 시절 가장 친했던 한 남자 사람 친구와의
우정은 이런 식으로 끝이 나기도 했다.

결혼한 뒤 반년 만에 처음 하는 연락이었다. 결혼
전에는 일주일에 몇 번씩도 통화하는 사이였다.

하지만 며칠이 지나도 답장이 없었다. 한 번 더 문자도 보내 보고, 다른 친구에게 번호도 확인해 봤지만 답장은 없었다. 전화를 해 봤지만 받지 않았다.

아마 그 남사친 주변에 '무서운 여자'라는 소문이 퍼졌나 보다. 아무것도 한 게 없는데, 그저 결혼을 아직 못/안 한 것뿐인데…

굳이 이유를 찾아보는 민희씨는 '무서운 여자'다.

04. 이상형은 개뿔 ①

"밤하늘이 까말수록
달과 별은 더욱 빛나는데
나의 마음은 어두울수록
빛을 잃어 가네"

간만에 시를 읊는 민희씨
지어 놓고 보니 그럴싸하지만
SNS에 올리기엔 너무 간지가 나서 포기한다.

가끔 소개팅을 시켜 줄 것도 아니면서, 이상형에
대해 묻는 사람들이 있다.

그런데
말이야

← 불길한 질문의 시작을 알리는 문구

민희씨는
이상형이
어떻게 돼?

뜨끔

- coffee break -

요즘은 적절한(?) 수준에서 농담처럼 얼버무린다.

몇 년 전쯤, 이상형에 대해 자세히 생각했던 적이 있다. 지방에 가기 위해 KTX를 예매하고 역으로 갔다.

이미 떠나 버린 기차와 안녕하고는, 다시 예매하고
한 카페에 앉았다.

읽을 책도 없어서 노트와 연필을 꺼내 한참 바라
보다 끄적이기 시작했다.

먼저, 분야를 나눴다. 되도록 자세히 쓸 거라서
분야도 다양하게 정했다. (시간이 그만큼 많았다)

적다 보니 재미있어서 1시간이 후딱 지나가 기차
시간이 다 되어 마무리를 지었다.

며칠 후, 당시 운영하고 있던 홈페이지에 슬쩍 올려 보았다.

꽤 여러 개의 댓글이 달렸던 걸로 기억한다.

흥겹게 〈아모르 파티〉를 부르는 민희씨
선택은 내팽개쳐 두고라도
필수인 연애라도 해야 할 서른 8세

어느 날, 민희의 엄마가 방문을 슬그머니 열고
들어왔다.

민희 엄마는 평소 민희 방에 자주 들어오지 않기에
민희는 불안한 기색을 감추지 못했다.

엄마는 조심스럽게, 그리고는 뭔가에 홀린 사람
처럼 쉴 새 없이 말을 쏟아 냈다.

엄마의 수많은 말 중 거슬리는 부분을 순간적으로
캐치해 낸, 예민희는 지금 굉장히 예민하다.

그렇게 시작된 핑퐁 게임
(요즘 엄마의 취미 생활이기도 하다)

한 번 더 예민한 곳을 찌르는 예민희의 엄마

점점 열기를 더해 가는 모녀의 2차 랠리

한바탕 손에 땀을 쥔 경기를 끝낸 민희는 탈탈 털려서 다시 책상 앞에 앉아 이상형 목록을 작성하기 시작한다.

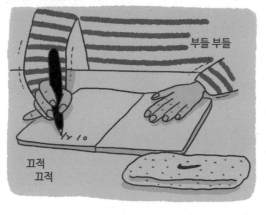

그리고 간절히 손을 모아 빌어 본다. 이상형은 개뿔

05. 버튼이 눌리는 순간들

첫 번째, 관용구의 남발
– 평소에도 싫은 것과 좋은 것에 정확한 예민희는
싫다는 표현도 확실하게 한다. 그런데...

- 싫다고만 이야기하면 나오는 저 문장은 누가 만든 걸까? 전혀 연관성이 없는데...

싫으면 시집가!!

유치해!!

일러라 일러라 일본 놈이냐??

두 번째, 본질의 호도
- 분명 30대 전에는 예민하게 굴어도 별말이 없었다.

20대 민희

이상한 냄새나지 않아?

킁킁! 뭔가 냄새 나는데...

10대 민희

이 우유 상한 것 같아요. 상한 냄새나.

- 어느 순간 노처녀 히스테리가 된 건 왜일까?

세 번째, 성급한 일반화의 오류
- 어릴 때 여드름이 많은 여자아이들에게 은근
쉽게 해 대던 말이 있다.

- 여드름은 없었으나 생리통이 심한 나에게도 똑같은 이야기를 해 주던 사람들이 있다.

네 번째, 간접 경험의 백지화
- 책만 읽어도 경험이라고 하는데...

06. 혼자 남겨지는 것에 대하여 ①

친한 친구 엄마의 부고였다. 한동안 암으로 고생하셔서 친구에게 전화가 올 때마다 덜컥 마음이 내려앉곤 했다.

전화를 끊고 나서도 한참 동안 눈물이 흘러내렸다. 친구의 상실감과 나에게도 언젠가 다가올 상실감이 오버랩되었다.

눈부시게 맑은 봄날의 오후였다. 버스를 타고,
지하철을 타고, 다시 버스를 갈아타고 갔다. 한 번씩
울컥울컥 차오르는 눈물을 참으며...

올해 초, 또 다른 친구 아버님이 떠나셔서 조문을
다녀온 적이 있다. 첩첩산중의 장례식장은 너무
평화롭고 고즈넉했다. 1월의 날씨가 무색하게 맑고
따뜻했던 날.

나이가 들수록 검은 옷이 필요해진다는 어른들의
말씀이 어떤 의미인지 느끼며 도착한 장례식장.
방희 얼굴을 보자마자 참았던 눈물이 왈칵 쏟아졌다.

비록 생전에 한두 번밖에 뵙지 못했지만, 친구를
꼭 닮은 어머니는 너무 아름답게 웃고 계셨다.

아버님과 언니에게도 위로의 말을 건네고 방희와
앉아 그간의 이야기를 전해 들었다. 울기도 하고
웃기도 하며. 사고로 갑자기 돌아가신 게 아니라
이별을 오래 준비했다고 했다.

돌아오는 길, 여전히 눈부신 길을 걸으며 남겨진
방희 그리고 남겨질 우리 세대에 대해 생각했다.

06. 혼자 남겨지는 것에 대하여 ②

어차피 인생은 혼자 왔다가 혼자 가는 거야.

큰소리치지만 부모님이 안 계시는 날 혼자 잘 때는 방문까지 잠그고 자는 민희씨는 진정한 쫄보다.

장례식이 지나고 얼마 후, 미리 약속이 되어 있었던 뮤지컬 때문에 방희를 다시 만났다.

지금 이 순간~~

평소보다 차분한 모습이었지만, 특별히 다른 점을
찾지 못했다. (오히려 내가 더 이상해 보였을지도...)

사실 민희는 남을 위로한다거나 다정한 것과는
거리가 먼 사람이라, 쭈구리처럼 계속 신경 쓰였
지만 티를 내지 못했다.

관람 후, 자리를 옮겨 저녁을 먹었다. 치킨 앞에선
누구나 용기 있는 사람이 되는 법

그렇게 시작된 이야기는 엉덩이에 털과 뿔을 미친
듯이 만들어 내며 이어졌다.

자라난 털과 뿔이 점점 사그라질 때쯤, 방희의
진심 어린 이야기를 듣게 되었다.

방희는 어느새 나보다 더 어른이 되어 있는 것 같은
느낌이었다.

미친 듯이 수다를 떨고 헤어진 후, 집으로 돌아오는
길은 발걸음이 무척 무거웠다.

달과 별조차 보이지 않는 어두운 밤하늘을 바라
보며 외쳐 보지만, 아무 대답도 들을 수 없었다.

07. 이상과 현실 그 사이 어딘가 ①

흔한 주말 풍경 속에서
가끔 몸 밖으로 유체이탈한 민희씨는
아직도 문란함을 꿈꾸는 서른 8살

친구의 진심 어린 조언을 듣고 고민이 많아진 민희
씨는 결혼에 대해 진지하게 고민해 보기로 한다.

* 〈Sex and the City〉의 미란다 홉스를 뜻합니다.

싫은 게 많은 투덜이니까 일단 장점부터 시작한다.

1. 힘쓸 일이 필요할 때 도우미가 항상 있다.

- 20대 중반 혼자 자취를 시작했던 예민희의 자취방

냉장고에 들어간 콜라는, 한참 후에 남자 사람
친구가 놀러 왔을 때 먹을 수 있었다.

왠지 앞의 것과 중첩되는 듯하지만 적어 본다.

안에서 이러지도 저러지도 못한 채 숨만 죽이고 있었던 기억이 있다.

결혼 전이라고 해서 불법은 아니지만 적어 본다.

그랬던 녀석들이, 배부르고 등 따셔졌다고 한다.

점점 산으로 가고 있는 장점을 계속 적는다.

4. 놀아 줄 의무가 있는 사람의 존재

기생충 봤어?

날씨 좋은데 한강 갈래?

난 이미 봤지.
넌 안 봤어?

미안, 나 친구랑 이미 약속을 해서 담에 가자.

여행가고 싶다.

언니, 쇼핑 갈래?

난 남편이랑 이미
계획 세웠지롱.

나 애들이랑 키즈카페.
너도 올래?

날이 너무 좋아

아냐 다녀와.

어제 맛있는 녀석들 봤어?

난 거기 저번에 남친이랑
다녀왔어. 대박 맛있음!

왠지, 결혼의 장점과 점점 멀어지고 있음을 깨닫는
민희씨였다. 눈물을 닦고 다시 연필을 잡는다.

엘사...

나랑 같이
눈사람 만들래?

......

오케이 바이

07. 이상과 현실 그 사이 어딘가 ②

세상의 편견(노처녀) 혹은 정해진 관습(결혼)과
싸우는 것보다 마음속의 수많은 자신과 싸우는 게
더 힘들고 지친다는 민희씨

결혼에 대한 말도 안 되는 장점을 써 내려가는 민희
씨에게 결혼하고 싶지 않았던 민희씨가 찾아왔다.

리스트를 조목조목 따져 가며 결의에 찬 모습으로
반박하기 시작했다.

힘이 부족한 것들은 기구를 통해 해결하거나 전문
기술자를 모셔서 해결할 수 있다.

한밤중의 소동은 경찰에 신고하면 깔끔하게 해결 가능하다.

혹시 집에 없을 때가 불안하다면, 소형 CCTV나 체커 같은 기계들로 확인 가능하다.

사실 3번 사항은 연애만으로도 가능하다는 걸
잘 알고 있다.

하지만 다시금 근본적인 고민에 휩싸이게 되는
민희씨였다. 다음으로 넘어가자.

진정하고 결혼의 장점 4번째를 마저 까기로 한다.

권리를 행사하면 의무도 감당해야 하는 걸 아는
민희씨는 이미, 진상이지만 어른이었다.

08. 현실과 지옥 그 사이 어딘가 ①

길을 걷다 무심코 본 SNS에서
친구들의 결혼, 2세 사진들을 볼 때마다
일명 '평범'하다는 그 길을 생각하는 민희씨

진지한 고민이 필요했던 민희씨는 다시 새로운
페이지를 펴고 소소한 장점을 적어 보기로 한다.

제일 먼저, 결혼을 나보다 더 원하는 사람들이 있다.

- 엄마 아빠가 기뻐한다.

하지만 수능 뒤엔 취업이듯 산 넘어 산이 기다리고
있겠지.

*남주혁님을 죄송하게도 소환했습니다.

다음은 밤마다 제일 간절히 원했던 장점이다.

- 한밤중에 치킨을 시켜 먹을 동지가 생긴다.

민희씨가 걱정하는 게 한 가지 있다면......

죄 많이 짓고 산, 민희씨가 가장 기대하는 건...

- 천둥 번개 치는 밤 꼭 안아 주고 다독여 준다.

하지만 예민한 예민희는 아마 쉽게 잠을 이룰 수 없을지도 모른다.

마지막 소소한 장점을 쥐어짜 내 적어 본다.

- 아플 때 챙겨 주는 사람이 같이 산다.

겨우겨우 아주 겨~우 반대 의견 없고 소소한 장점
하나를 찾고 즐거워하는 민희씨였다.

08. 현실과 지옥 그 사이 어딘가 ②

사랑이 시작되는 설렘은 보고 싶지만
애달프고, 너 없이 못 사는 절절함은 보고 싶지 않은
감정 절약주의자, 슬픔 결벽주의자 민희씨

우여곡절 끝에 겨우 결혼의 장점 하나를 쥐어짜 낸
민희씨는 단점에 대해 적기 시작한다.

그때 마침, 잠시 숨을 고르며 핸드폰을 만지작 거리다 사랑꾼 배우 부부의 진흙탕 이혼 기사를 읽게 되었다.

불현듯 민희씨가 연애 때부터 항상 고민했던 문제, 결혼에 더더욱 꼭 중요한 문제가 생각났다.

민희씨는 어린 시절부터 변덕이 죽 끓듯 했다.

하지만 과거 연애사를 보자면, 민희씨의 변덕보다
상대방의 변심이 더 빨랐다.

생각해 보니 엄청난 사랑 같은 거, 의리를 지키며
하는 진실한 사랑 같은 거 해 본 적 없는 민희씨.

예민희는 근본적인 문제에 접근하고 있었다.

그리고는 합리화라는 엄청난 구렁텅이로 급속히
빠져들어 갔다.

오늘 밤도 결혼 고민 따위 없이 잠드는 민희씨.
합리화엔 성공했지만 현실보다 더한 지옥, 집에서
쫓겨날 날이 다가오고 있다.

09. 비혼이세요? ①

최애 맛집들이 유명해질수록
혼밥 하기 힘들어져 못된 마음을 품어 보는 민희씨는
맛집독점러, 잠재적 철컹철컹수갑러

야근 후 퇴근하는 길, 방향이 같은 회계팀 최과장님
차를 얻어 탔다.

최과장님 아이들이 20대이고 하니, 궁금하신
모양이었다.

차에서 내려 아파트 입구에 서서 멍하니 하늘을
보니 초승달이 그 어느 때보다 크고 밝았다.

이미 놀이터는 텅텅 비어 아무도 없다. 민희씨는
그네에 앉아 달을 구경하며 생각에 잠긴다.

대학 시절엔 짝사랑도 해 보고 연애도 했지만,
결혼에 대해 생각해 본 적은 없었다.

그저 남들처럼 당연하다고 생각하는 수순을 밟을
거라고 생각했다.

〈큰언니의 결혼식〉

대학을 졸업하고 회사에 다니며 자취할 무렵엔,
새로운 환경이 마냥 재미있었다.

그리고 어둠과 혼돈의 30대가 시작...... 깜짝이야!

간만의 달빛 교감을 언니에게 들켜 다음을 기약하며 마치기로 한다.

09. 비혼이세요? ②

별일 없냐?

별일 있으면 먼저 말할 테니까 별일 없냐고 묻지 좀 마!

"별일 없어?"가 습관인 친구의 전화에 벌써 몇 년째 같은 대답을 해 주는 민희씨는 괴팍하지만 일관성이 있다.

부모님과 다시 같이 살기 시작한 지 3년이 되어 가는 민희씨의 주말 아침 7시 반 풍경

그래... 얹혀사는데 주말 아침은 포기한다.

밤에 꿀잠도 잘 수 있고, 엄마의 맛있는 집밥을
먹을 수 있는 게 최대 장점이다.

하지만 여러 가지로 조여 오는 압박이 시작됐다.

물론 따로 살 때도 압박은 있었지만, 직접적이지 않았다.

택배 잘 받았니? 결혼에 대한 올바른 가치관을 심어 줄 책이야. 잘 읽어 보고 독후감 제출하도록! (후훗)

20대 후반의 민희씨

아... 네...

*실제로 독후감을 제출하진 않았습니다. 쩝;;

정신적 리더 스타일인 민희씨의 아빠는 독특한 방법으로 압박을 주기도 했다. 벚꽃이 피기 시작하는 어느 봄날의 산책 중 일어난 일이다.

네??

왜! 갑자기! 비혼 선언!

민희야. 차라리 너도 비혼 선언을 해라!!

당최 이해할 수 없는 민희씨에게 아빠의 설명이 이어졌다.

민희씨는 이건 무슨 논리인지 순간적으로 고민에 휩싸였다.

그때! 30여 년간 아빠를 상대해 온 민희씨는
학습되어 온 동물적인 감각으로 대답을 한다.

대답을 들은 아빠는 씨익- 만족스러운 표정을
지으며 산책을 이어 나갔다.

10. 모두 어디로 간 걸까? ①

오늘은 햇빛과 데이트야
넌 보이지만 보이지 않고
어차피 떠나겠지 비타민 D를 남기고

커플 사이에서 커피를 마시던 민희씨
예술혼을 불태워 아름다운 사랑의 시 한 편 지어 보려 하지만
새드엔딩인 듯 아닌 듯 건강시 한 편 읊어 본다.

32살 어느 가을, 고등학교 동창의 결혼식. 고등
학교 때 친구들이 모두 모였다.

오랜만이야!

다들 왔네~

벌써 애가 둘인 친구, 막 결혼해서 한창 깨가 쏟아지는 친구, 애 낳은 지 얼마 안 돼서 못 온 친구

결혼 전이라 부케를 받기로 한 친구, 그걸 지켜보는 부러운 친구와 조급해진 친구

결혼에 생각이 없는 친구, 결혼 전 파혼하고 축의
금만 부탁한 친구, 그리고 민희씨

모두가 즐겁게 웃고 있지만, 각자 다른 생각을
하고 있다.

결혼식 이후, 연쇄적인 결혼식이 있었다.

결혼식 때만 해도 남자친구가 없던 친구가 2개월 후에 청첩장을 보내 왔고, 선본 지 3개월 만에 결혼한 친구도 있었다.

한바탕 연쇄결혼이 휩쓸고 간 후, 몇 년간 결혼 소식은 없었다. 여기 그 연쇄결혼의 생존자들이 모였다.

그들은 여전히 남아서 테이블에 머리를 모으고 스스로를 분석하고 있다.

10. 모두 어디로 간 걸까? ②

와...
엄청나구나.

세계문학전집 시리즈를 보다 보면
요즘보다 더 파격적이고 과감하고 야해서
고전소설을 즐겨 읽는 민희씨는 서른 8살

한참 친구들 결혼폭풍이 휩쓸 무렵, 30대의
성장통을 이겨 내고 혼자 사는 재미에 심취해
있었다.

혼자인 지금이
너무 행복해~

하지만 행복함을 느끼면 시련이라는 놈이 어김없이 쓰윽 눈 앞으로 다가온다.

한참 다모임*이 유행하던 시절 만났다가, 10년 넘게 연락 안 하고 지내던 초등학교 동창 녀석이 SNS로 연락해 왔다.

*다모임: 2000년 전후로 유행했던 동창 만남 사이트 (아이러브스쿨과 비슷)

얼마 뒤 만나서 한바탕 근황 토크를 신나게 나눴다.

난 5년 넘게 만나던
여자친구랑 헤어지고
이제서야 내 인생을
즐기고 있는 중이야.

난 요즘
혼자 사는 재미에
한창 행복해.
이렇게 평생 살아도
좋을 것 같아.

그 후로 출근 전, 점심시간, 퇴근 후 수시로 오는
메시지와 전화에 익숙해지고 자주 만나게 됐다.

난 이제
퇴근해서
운동 가려구

응?
너 아직도
근황 토크
하니?

점심
맛있게
먹어~

응! 너두
맛있게 먹어~

그렇게 몇 달을 보내고 나니, 어느새 서로에게
스며들게 되고 민희씨는 불쑥 마음을 전했다.

요즘엔
인생을 즐기는 것도
점점 귀찮고,
나도 소개팅이나
해 볼까 봐.

음...
우리 요즘 꽤 잘
맞는다는 생각이 들었는데,
나는 어때?

추억의
그린라이트

응? 우리 잘 맞지.
재미있고,
좀 더 생각해 보자.

그 후, 어색해진 채 연락이 뜨문뜨문해지다가
더 이상 먼저 오지 않는 메시지와 전화. 그리고
혼자인 게 재미없어진 민희씨.

바쁜가?
답도 없네.

엥?

아,
핸드폰
그만 봐야지.

쳇!

역시, 딱
그 정도였던 거야

힝-

민희씨는 더 이상 행복하지 않은 방에 앉아 지난
몇 개월을 돌이켜 본다.

모두 이런 시련들과
함께 가 버린 걸까?

시련!
너마저
가는 거야?

사실 난
실연이라고
불리기도 하지.

BYE BYE!

시간이 흘러 다시 혼자인 게 익숙해진 민희씨.
하지만 이번엔 입 밖으로 행복함을 내뱉진 않는다.
찰나의 행복에 바로 뒤따라 오는 것이 시련임을
알기 때문에.

우읍!

하마터면
내뱉을 뻔
했어!

나
불렀어?

예쁜 하늘을 배경으로 셀카를 찍는 민희씨
어차피 얼굴만 나오는 걸 알지만
왼손의 V가 자동 장착되는 습관성 브이러다.

민희씨는 소개팅을 별로 좋아하지 않는다. 집에
돌아올 때 마음이 헛헛해지기 때문이다.

117

20대 후반, 어느 날 친한 지인에게 소개팅 제안을 받았다.

지인과는 오래전부터 친해서, 현재 민희의 연애 생활이나 상황을 잘 알기에 거절할 명문이 없었다.

약속한 날, 밥을 먹고 차를 마시는 내내 한 가지
생각이 머릿속에 맴돌았다.

소개팅에서 나누는 이야기들은 공통점 찾기의
과정인데, 민희씨는 그 남자와 어떤 접점도 찾기
힘들었다.

*물론 민희씨가 마음에 들지 않았을 수도 있습니다.

집으로 돌아오는 길, 주선자에게 전화를 했다.

그 후로 누군가가 소개팅을 제안하면 한 가지를
꼭 묻게 되었다.

민희씨는 한동안 마음이 불편했다.

그리고 소개팅 자리가 단순한 만남의 장이 아님을 깨닫게 되었다.

11. 마음의 거울 ②

실컷 울고 싶은 날에는 《캔디 캔디》를 읽는 민희씨
고아였지만 모든 남자를 가진 캔디를 보면
엄청난 블록버스터 판타지 영화 한 편 본 기분을 느낀다.

집 앞 편의점에서 왕뚜껑을 사 들고 나오는 서른
즈음의 민희씨

비슷한 시기에 연달아 세 번의 소개팅을 하게 되었다.
모두 지인의 지인의 지인. 바로 건너건너 소개팅.

하지만 세 번 모두 민희씨와는 잘되지 않았고,
복불복 게임에서 지고 까나리 액젓을 실컷 들이켠
기분이 들었다.

민희씨의 친구 중 한 명인 지선씨는 소개팅의
달인이었다.

지인의 소개팅, 건너건너 소개팅 가리지 않았고,
정말 괜찮지 않은 사람을 제외하고는 몇 번 더
데이트를 했다.

이런 지선씨에게도 고비는 있었다. 기가 홀랑
빠진 상태로 민희씨를 만나 이런 말을 했다.

하지만 곧 기운을 차린 지선씨는 여러 번의 소개팅
끝에 좋은 사람을 만나 1년여간 연애하고 결혼했다.

왕뚜껑을 먹으며 지선씨의 거울 이론을 떠올리는 민희씨

그리고 번뜩 머릿속을 스치는 깨달음을 얻었다. 참회의 시간을 갖는 민희씨였다.

12. 나를 두고 가는 당신들에게 ①

모두 잘 지내지?

남자친구, 혹은 남편으로부터 채워질 부족함을
주변의 좋은 사람들로 채웠던 민희씨
모두 떠나고 나면 후회하지 않을까?

토요일 저녁, 망우회* 모임 멤버 3명이 모여 쓸데
없는 이야기들을 지껄이고 있다.

박애주
민희씨와 중학교 때부터
알던 사이로 20대 후반
암흑기에 친해진 사이

마진호
민희씨의 대학 선배로
졸업 후 분기마다 만나서
안부를 확인하는 사이

*망우회: 망했지만 성공할 우리 모임

분기가 바뀌고 가을이 되어 만나 밥을 먹다가
평소엔 묻지도 않는 질문을 하는 민희씨

사람들이 하나둘씩 결혼해도 마지막까지 남을 것
같은 사람들이 모인 모임이었기에 믿기지 않았다.

항상 모여서 시시콜콜한 이야기, 앞으로 어떻게 살 것인가 하는 무거운 이야기만 하던 사이라 여친이나 남친이 있어도 없어도 잘 이야기하진 않았었다.

지금쯤의 나이는 소위 두 부류로 나뉜다.
갈 사람과 안 갈 사람.

끊임없이 만남을 만들어 내고 노력하는 스타일

아무것도 하지 않고 흐름에 맡기는 스타일

진호 오빠는 민희씨의 마지노선 같은 사람이었기에
큰 충격으로 비틀비틀하며 집으로 가는 버스에
올라탔다.

얼마 전 결혼한다고 연락이 온 친한 언니에게 했던
질문이 생각났다.

12. 나를 두고 가는 당신들에게 ②

처음에 함께 시작했던 친구들은 빠르고 경사진 에스컬레이터를 타고 결혼이라는 큰 산을 정복하고 다른 산을 타기 시작했다.

싱글 친구인 애주씨와 통화 중인 민희씨는 어젯밤 꿈 이야기를 한다.

꿈이라고 하기엔 민희씨가 요즘 하는 생각들과 너무 딱 들어맞았다.

산악가들이 하나의 산을 정복하고 나면 다른 산을 정복하기 위해 새로운 계획을 세우는 것과 같은 새로운 고민이 필요하다.

쓸쓸한 통화를 끝내고, 아직 점심시간이라 한산한
사무실에 들어와 자리에 앉았다.

몇 년 전, 칸막이 보드에 붙여 놓은 어느 산맥
사진이 눈에 띄었다. 산을 오르는 민희씨도.

13. 롤러코스터를 타고 ①

지나간 옛 노래를 흥얼거려 봐도 흥이 나지 않자
나지막이 멘트를 읊조리는 MC민희
'버스 안에서'가 부릅니다. 잠이나 '자자'

민희씨는 일관성이 있다. 즐거워도 슬퍼도 적당히
즐겁고 적당히 슬프다.

큰일에 엄청 놀라지 않고 그렇다고 심하게 좌절
하지도 않는다.

(아니다, 놀라지 않아도 좌절은 많이 하는 듯하다.)

이런 민희씨가 초, 중, 고등학교 시절을 통틀어
오락부장을 맡았다고 하면 사람들은 놀란다.

작은언니는 어린 시절 사진을 같이 볼 때면 이런
이야기를 하곤 한다.

좀 더 장황하게 자신의 의견을 굳혀 보려 한다.

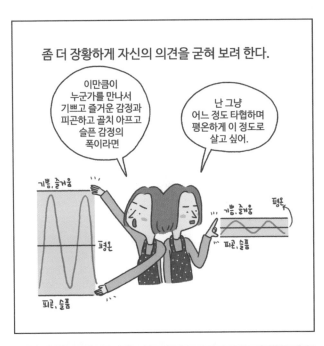

그 순간, 언젠가 민희씨가 똑같은 말을 했던 장면이 생각났다.

13. 롤러코스터를 타고 ②

미세먼지 없이 쾌청한 날
감기도 안 걸렸지만 마스크를 쓰고 출근하는 민희씨는
화장망침러, 회식불참계획러

금사빠는 아니지만, 한 번 꽂히면 쭉 가는 민희씨가
그를 만난 건 폭설에 가까운 눈이 오는 날이었다.

오지 않는 버스를 기다리는 버스정류장. 민희씨를
남자로 착각했다는 그는 합승을 제안했다.

그게 마지막이라고 생각했다. 단순히 택시를 얻어
타서 기쁜 느낌이라고 생각했다.

그 후, 한동안 잊고 지내다 도서관 계단에서 우연히 마주쳤다.

식당에서도, 강의실에서도, 열람실에서도 마주쳤다. 결국 약속을 정하고 밥을 먹기로 했다.

이때까지만 해도 지금 탈 놀이기구가 롤러코스터 라고 생각하지 못했다. 회전목마 정도의 감정으로 올랐다.

두근두근한 출발과 평지 기간은 짧았다. 그리고 시작된 오르막길

그리고 시작된 급경사의 내리막길

이 롤러코스터는 방심하기 쉽게 평지 종종 기간이
있었다. 그래서 더 악명이 높았다.

끝났다 싶으면 다시 시작되고 진짜 끝났다 싶으면 다시 시작됐다.

그때마다 내 감정도 널뛰듯 함께 오르락내리락 요동쳤다.

몇 년에 걸쳐 계속된 이 롤러코스터는 결국 땅에
가까웠을 무렵 민희씨가 뛰어내리면서 끝이 났다.

28살의 민희씨. 조폭 떡볶이 트럭 한쪽에 자리를
잡고 친구에게 떡볶이 국물을 튀겨 가며 이야기
하고 있다.

다시 현재의 민희씨, 또보겠지 떡볶이에 날치알 치즈 볶음밥까지 먹고 있다.

14. 청바지가 잘 어울리는 여자 ①

어린이 보호구역에서는 딱지도 끊을 만큼
빠르게 달리는 민희씨의 속도는 38km/h
브레이크를 밟고 싶어도 밟히지 않는다.

겨울이 다가오는 이 시점에 헐벗고 옷방에 쭈그려
앉은 민희씨

지난해에 벗고 다니진 않았을 텐데 입을 옷이 없다.
바지 서랍 두 칸 가득 찬 청바지는 죄다 작거나
늘어날 정도로 입어서 커진 것들뿐이다.

어제와 같은 옷을 꺼내 입고 나온 민희씨를 본
엄마가 태클을 걸어온다.

다시 시작된 핑퐁 랠리인가 싶어 자세를 취해 본다.

엄마의 대답을 듣는 순간 탁구채가 아닌 망치로
한 대 맞은 느낌이 든 민희씨는 깨달음을 얻는다.

깨달음 이후, 인터넷으로 예쁜 밝은 색 청바지를 발견한 민희씨는 사이즈를 업 시켜 큰 바지를 사 본다.

택배를 받아 기쁜 마음으로 열어 보지만, 입어 본 후 심히 좌절하는 민희씨

청바지를 곱게 접어 다시 택배 박스에 집어넣으며
지난 노래를 불러 본다.

청바지가 잘 어울리는 여자~
밥을 많이 먹어도 배 안 나오는 여자~
뚱뚱해도 다리가 예뻐서
짧은 치마가 어울리는 여자~

구슬프고, 느리게~

아... 그런 여자는
세상에 존재하지 않아.

그러고 보니 얼마 전 청바지를 입었다고 타박
받았던 때가 생각났다.

하아... 청바지가
잘 어울리는 여자가
희망사항이라는
남자도 있는데...

그 남자는
왜
그런 거야?

14. 청바지가 잘 어울리는 여자 ②

친구에게 빌린 《걷는 사람, 하정우》를 읽으며
지금 걸으면 안 되는 이유를 생각하는
자신에게만 관대한, 합리화의 선구자 민희씨

누군가의 뒤통수에 대고 인사를 해 보긴 처음이었다.

엄마의 공격에 힘없이 무너져 선 같은 소개팅에
나가기로 했다. (마지막이라고 한 게 올해만 벌써 3번째다)

엄마의 아시는 분 소개였기에, 친구들의 소개팅
보다는 훨씬 예의를 갖추었다.

엄마의 소원이 97%라면 민희씨의 기대도 3%는 있었다. 정말 혹시라도 좋은 사람을 만날 수 있을 테니.

집에 돌아온 민희씨를 잡고 캐묻는 엄마에게 대답했다.

하지만 며칠 후 즐거운 커피타임에 반갑지 않은
이야기가 들려왔다.

순간 버튼이 눌려 고래고래 소리를 지르는 민희씨

흥분을 가라앉힐 새도 없이 쏟아 내는 엄마의
소개팅 후기

방으로 돌아와 다시 지난 노래를 불러 본다.

15. 내 몸 하나 뉠 곳 어디메뇨 ①

어느덧 독립의 기한이 다가와
오늘도 방랑꾼이 되어 이곳저곳 기웃거리는
민희씨는 가출을 꿈꿔 본 적 없는 삼십 8세

민희씨가 처음 집을 계약했을 때는 20대 중반이
었다.

당시 부모님은 지방에 살고 계셨기 때문에 4년의 기숙사 생활을 청산하고 잠시 고시원 신세를 지기도 했다.

첫 직장의 근처 번화가에서 혼자 7곳의 부동산을 들르고 10곳이 넘는 집을 구경했다.

민희씨가 선택한 한쪽 벽이 기울어진 특이한 구조의
집은 빨강머리 앤의 다락방 같은 느낌을 주었다.

월급을 쪼개 월세를 내고, 공과금을 내고, 또 쪼개
가구도 하나씩 들이기 시작했다.

상자 하나로 시작한 짐은, 처음 이사 오던 날 텅 빈 방의 울림을 사라지게 할 만큼 방 안 가득 채워졌다.

하지만 초짜 세입자들의 실수를 똑같이 저지른 민희씨

다만 인심 좋은 집주인님 덕에 몇 년간 월세 변동 없이 지낼 수 있어서 이사 갈 생각은 접었다.

따뜻한 침대에 누워 '찜방'을 둘러보며 옛 생각에 잠긴 민희씨였다.

164

머리가 큰 뒤에는 부모님과 함께 살기 힘들다고
했던가! 잠시 재충전 뒤 제정신을 차린 민희씨는
다시 집을 나온다.

언니 집에 얹혀
왕복 4시간의 출퇴근을
하기도 하고

친구 부부가
해외 출장으로 비운 집에서
살기도 했다.

그리고 다시 부동산으로... 하지만 이미 세상은
많이 달라져 있었다.

그 돈으로
괜찮은 원룸은
구하기 힘들어요.

반지하도
어림없어요.

그래도
보여 주세요.

손바닥만 한 집, 반지하나 옥탑, 너무 허름한 방을
둘러 보고 좌절했다.

민희씨는 필수적으로 점검해야 할 4가지 사항을
다시 한 번 꺼내 봤다.

결국 네이비 카페 '후크 선장의 좋은 방 구하기'에서
직거래로 조건에 맞는 방을 구했다. 3배 오른 월세로

부동산 복비 (중개 수수료) 없이 집주인과 계약할
집 방에 앉아 계약을 했다.

(미리 주민센터에서 떼어 볼 거 떼어 보고 확인했습니다.)

이사 오던 날 밤, 엉망인 화장실을 독한 세정제로 늦게까지 청소하고 책상만 덩그러니 놓인 방 한편에 이불을 깔고 누웠다.

고무장갑 끼고 했는데도 손이 아려 오네. 흑흑

전에 살던 원룸은 화장실만 이틀을 청소했는데 그때보단 낫네.

새로운 시작은 언제나 꿈과 희망을 주기 마련, 하지만 민희씨는 월세지옥으로 들어가는 자신에게 위로와 격려를 해 주었다.

그래. 일단 시작은 해 보자. 밑 빠진 독에 물 붓기!

절대 채워지지 않겠지만.

콩쥐야! 구멍 막았어! 물 부어!!

대답 좀 해 봐!

15. 내 몸 하나 뉠 곳 어디메뇨 ③

귤을 잔뜩 먹고 만화책을 열심히 읽으면
곰이 될 수 있다고 믿는 민희씨는
곰이 되어서 겨울잠을 자고 싶다는 소박한 꿈이 있다.

월세지옥에 2,000만 원이 넘는 돈을 쏟아붓고 있을
무렵 부모님께 전화를 한 통 받는 민희씨

마침 민희씨도 서울에서 월세노예 일을 청산하고,
언니 집 근처의 한 출판사에서 근무하게 되었다.

집주인의 부탁으로 '후크 선장의 좋은 방 구하기'에
사진을 올리고 다음 세입자를 구했다.

(찰칵 찰칵 집이 예뻐 보이고 넓어 보이게 최선을 다해 사진을 찍는 중)

일주일이 지나지 않아 5명 정도가 집을 보고 갔고,
다음 세입자가 정해졌다.

처음 이 집에
들어올 때보다 10만 원을
올렸지만 이렇게 빨리 나가다니,
왠지 사진을 잘 찍은 게
미안해지는 걸

다음 콩쥐여
힘내요!
안녕!

3년이라는 시간이 다시 흘러 잠시 언니네 아이들을
돌봐 주기 위해 올라오셨던 부모님은, '10.8선언' 후
이사를 계획하고 계셨다. (10.8선언은 1화를 참조하세요)

우리는
다시 살던 곳으로
돌아갈래.

이사
갈 집 빨리
찾아봐.

머리가 완전히 큰 후에는 오히려 부모님과 더 잘 지낸다는 말을 들어 본 적이 있는가?
(아마 없을 것이다, 만들어 낸 말이다)

20살에 집에서 나와 이렇게 긴 시간 동안 부모님과 살아 본 적이 없었던 민희씨는 어린 시절로 돌아간 듯했다.

(어린 시절의 결핍은 사람을 이렇게 만듭니다.)

부동산에 집을 내 놓고 집이 나가기만 기다리는
부모님과 온도가 다른 민희씨

잔뜩 추워진 날씨에 마음마저 추워진 민희씨는
오늘도 집을 찾아 이곳저곳을 헤맨다.

16. 특별한 날, 초라한 마음 ①

밤만 되면 과잉되는 감정 때문에 10시 이후에는
SNS에 글을 쓰지 않기로 다짐한 민희씨
오늘 그 어느 때보다 감정적이다.

크리스마스이브, 민희씨가 방구석에서 친구와
까톡으로 이야기를 나누고 있다.

까톡이 등장하기 전에는 시대 흐름에 따라 MSN 에서 NATEoN으로 넘어가며 대화를 나눴다.

고등학교 동창인 익현씨가 두 아이의 엄마가 된 지금에도 비슷한 이야기를 나눈다.

크리스마스라고 특별히 주문한 치킨이 너무 맛이 없어서 잔뜩 심통이 난 민희씨가 괜히 크리스마스를 헐뜯는다.

크리스마스가 싫어진 데는 딱히 큰 이유가 있는 게 아니다.

그리고 보면 민희씨는 어느 때부턴가 특별한 날이
되면 근본을 알 수 없는 울적함에 휩쓸리곤 했다.

간만에 반가운 마음으로 송년회 모임에 나간 민희씨.

하지만 순간의 반가움뿐 돌아오는 길은 더욱 울적해진다.

이런 초라한 마음은 생일에 가장 극대화된다.

16. 특별한 날, 초라한 마음 ②

'해돋이 따위'라고 생각했던 민희씨는
올해 문득 새해 첫날 가 보고 싶다는 생각이 들었지만
내년을 기약하기로 하는 내일열심러, 오늘만살기러

어린 시절 민희씨에게 생일은 일 년 중 가장 큰
행사 날이었다.

가족이 많아서 혼자만 우대받는 느낌은 생일에만 겨우 느낄 수 있는 기분이었다.

그런 생일도 10대까지만이었다. 스무 살 생일은 민희씨에게 가장 우울한 날로 기억된다.

폐인처럼 평소보다 기운이 없었던 민희씨는 달력에 표시해 두던 버릇까지 잊었다. 그리고 평소처럼 9시 반쯤 주무시는 부모님.

그렇다. 부모님도 민희씨의 생일을 잊은 것이다. 귀신처럼 비틀비틀 걸어가 부모님 방문을 두드리는 민희씨.

그 이후로 생일이 특별히 기억에 남은 적은 없다.
그냥 일 년 365일 중 하루일 뿐.

한 살 한 살 먹어갈수록 남들에게 축하를 받는 일이
점점 더 익숙하지 않게 되고, 굳이 생일을 알리는
일도 하지 않게 되었다.

17. 너는 계획이 다 있구나 ①

상쾌한 기분으로 기상하는 날이 별로 없는 민희씨가
1월 1일부터 상쾌하게 기상을 했다.
역시 기상은 오후가 진리

10, 20대의 민희씨가 새해만 되면 했던 것이 있다.

하지만 1월이 채 지나기 전에, 계획들은 흐지부지
해지고 다이어리의 첫 몇 장이 찢겨 나간 채 3월의
봄을 시작으로 새로운 계획을 세우곤 했다.

그러다 점점 두꺼운 다이어리에서 얇은 다이어리로
바뀌게 되었다.

스마트폰을 제대로 쓰기 시작한 30대부터는 다이어리라는 물건 자체의 필요성이 사라지기 시작했다.

결국 계획을 세우지 않는 지경에까지 이르게 되었다.

이런 성향은 여러 부분에서 반사 작용으로 함께
일어나기 시작했다.

점점 더 '달걀이 먼저냐 닭이 먼저냐' 같은 질문에
치킨이 먼저라는 답을 할 정도로 상태가 심각해졌다.

여전히 계획이 없는 채로 맞이하게 된 2020년,
'2020 우주의 원더키디'를 떠올렸다가 생각에 잠긴
민희씨

일요일 낮 1시에
KBS1에서 보던 원더키디는
정말 재미없었어.

하니랑,
둘리랑, 슈퍼보드,
버즈도사 등등
재미있었지.

그런데
그때 꿈꿨던
나의 2020년은
지금이랑
같았을까?

그리고는 왠지 다이어리를 하나 사야겠다는 생각이
드는 민희씨였다.

내가 세운 계획대로
내 삶이 정해지진 않겠지만,
하루하루를 의미 있게
살아냈다는 기록만으로도
의미 있을 거야.

적어도 지금을
꿈꾸던 어린 민희에게만은
부끄럽지 않은 2020년이
되었으면 좋겠어.

우와!
막 날아다녀!!

2020년이면
아른 되기 전이네.

그때 되면
지구가 저렇게 돼?
빨리 죽어야 하나...

지토스

{* 따효}

17. 너는 계획이 다 있구나 ②

> 귤을 좋아하지만 손톱이 노랗게 되는 건 싫어.

귤을 깔 때마다 화장지로 엄지손가락을 감싸서 귤물이 손톱에 스며들지 않게 하는 자신을 보며 참 많이도 변했구나 생각하는 민희씨

햇빛이 서서히 비춰 오는 소리를 들은 민희씨는 불현듯 정신을 차렸다. 등골이 오싹해지며 식은 땀과 함께 입에서 침이 흘러내렸다.

> 아아아악!! 또 자 버렸어!!

중고등학교 때는 중간고사, 기말고사를 대비해
벼락치기 계획을 좌라락 세워 놨다.

대학 때는 서평, 리포트 과제나 팀플로 참여하는
수업의 과제 발표 전날이면 어김없이 완벽한
계획이라는 것이 세워졌다.

하지만 계획이라는 걸 완벽하게 짤수록 프로젝트의
성공은 멀어지기만 했다.

더군다나 민희씨 이외의 사람이 포함되는 일은
계획이라는 게 더더욱 쓸모없어진다는 걸 깨달
았다.

모든 것이 계획한 대로, 혹은 흔히들 말하는 물 흐르듯 순탄하게 된 상황을 가정해 보기도 한다.

마진호 오빠*의 결혼식 후, 카페에 온 애주씨와 민희씨

*마진호 오빠는 12화 참조

잔뜩 흐렸던 하늘에 눈까지 날리고 있다.

결혼 계획을
세우고 추진해 봐.
소개팅도 하고
선도 보고 열심히.

아니야.
이제 와서 무슨.
너 〈기생충〉도
안 봤어?

송강호에 빙의 된 민희씨가 대사를 읊는다.

절대로
실패하지 않는 계획이 뭔 줄 아니?
무계획이야. 계획을 세우면 반드시
계획대로 안 되거든 인생이.
그래서 계획이 없어야 돼 사람은.
계획이 없으니까 잘못될 일도 없고,
또 애초부터 아무 계획이 없으니
뭐가 터져도 아무 상관이
없는 거야.

커피나
마시자고 —

18. 가느냐 마느냐 그것이 문제로다 ①

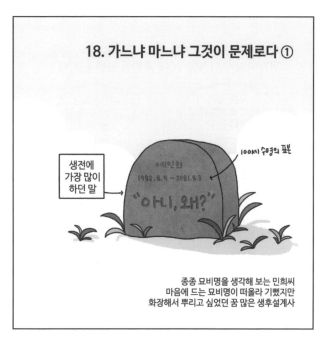

종종 묘비명을 생각해 보는 민희씨
마음에 드는 묘비명이 떠올라 기뻤지만
화장해서 뿌리고 싶었던 꿈 많은 생후설계사

여기 번민에 휩싸인 한 중생이 있으니, 그에게
붙여진 또 하나의 별명은 프로불참러이다.

가야 되는 줄만 알았던 20대 중반을 지나, 슬슬
귀찮아지기 시작한 20대 후반을 보낸 민희씨

프로불참러의 길을 가게 된 30대로 접어든 민희씨
였지만 그래도 결혼식장에서 종종 얼굴을 볼 수
있었다.

친분이 애매한 경우, 보통 결혼 당사자는 초대할
대상을 선정하느라 고민하고 결혼에 초대되는
사람은 참석 여부를 고민한다.

일단 결혼식 초대를 받으면 그 고민은 온전히 초대를
받은 사람이 떠안게 되는데, 20대 후반부터 신경
쓸 것들이 너무 많았다.

기름진 뷔페 음식을 잔뜩 먹고 오랜만에 마주친
사람들과 어색한 인사 혹은 푼수처럼 쏟아 낸 수다
후 집에 돌아오는 길은 그 어느 때보다 멀게 느껴졌다.

취업 문제로 자신감이 바닥에 떨어져 있었을 때
이런 고민이 가장 극에 다다랐었다.

누군가의 사랑을 축하하고 앞날의 행복을 빌어
주기엔 마음이 너무 빈곤한 민희씨.

하지만 그런 시기들을 지나서도 여전히 프로불
참러로 방바닥에 코를 박고 고민하는 민희씨

18. 가느냐 마느냐 그것이 문제로다 ②

명절에 제일 힘들다는 결혼 공격을 이겨냈지만
감기에는 굴복하고 만 민희씨
출근하는 길에 잠시 멈춰 코를 훌쩍 삼켜 본다.

지금의 결혼식 문화도 상부상조의 관습이 그대로
내려와 굳혀진 거라고 생각했던 민희씨.

풍습과 관습을 조합하다가 문득 억울하다는 생각에
잠길 때가 있었다.

한때는 삐뚤어진 마음을 갖기도 했다.

한참 프로불참러의 의무를 성실히 이행했다.

줄줄이 결혼식이 훅 지나고 난 후, 한동안 청첩장이
날아오지 않다가 결혼식 초대가 왔다.

다른 사람의 결혼식에서 그다지 꾸미지 않아도
상관없다는 것을 알아 버린 30대 후반의 민희씨

하지만 막상 결혼식에서 아빠 손에 이끌려 등장해 남편 손을 잡고 행진하는 친구를 보고 마음이 복잡해졌다.

그래, 내가 왜 결혼식에 가고 싶지 않은지 알겠어.

민희씨는 결혼식으로 얼마 남지 않은 친구를 또 하나 보냈다.

이제 전처럼은 자주 못 보겠구나.

내 눈으로 이렇게 너네를 보내는 걸 확인하고 싶지 않았나 봐. 흑흑

19. 내 마음대로 안 되는 게 인생 ①

이래서 지구촌이라는 건가 봐.

어릴 때는 촌스러운 단어라고 생각했는데
바이러스 때문에 마스크를 벗지 못하니
새삼 대단한 단어라는 생각이 든 민희씨

결혼을 하고 싶지 않은 민희씨였지만 딱 한 번 결혼
후가 그려지는 사람이 있었다.

결혼을 하고
싶었다는 뜻은
아닙니다.

제목이
'하고 싶지
않았는데' 니까...
구시렁 구시렁

얼굴 작아 보이게
집에서도 책방 좀

그건
정확하게 짚고
넘어가자구요.

← 민희의 일대기

그는 민희씨보다 2살 어렸다.

당시 둘 다 어린 나이였는데도, 그는 항상 결혼을 꿈꿨다.

큰 덩치에 삽살개같이 흐트러진 머리카락, 처진 눈,
어딜 가든 따라오는 그가 귀엽기도 하고 귀찮기도
했다.

짧은 연애 기간을 뒤로하고 몇 년 후 다시 만나게
되었어도 그 상황은 변하지 않았다.

언뜻 보면 다 민희씨 마음대로 하는 관계 같았다.

그렇게 또 지쳐서 헤어졌다가도, 힘든 연애를 하면
그가 생각나곤 했다.

만남과 헤어짐이 반복되던 어느 날, 전화를 거는
민희씨.

첫 직장을 그만두고는 이루고 말겠다고 다짐했던
꿈에 번번이 실패를 거듭하던 20대 중반의 민희씨가
서울 어딘가의 자취방에 혼자 앉아 있다.

209

19. 내 마음대로 안 되는 게 인생 ②

'I AM
옥수수 전분'
보다 이뿌네.

혜헷!

부럽의
좋은 사용!

아이스 아메리카노를 좋아하는 민희씨의
요즘 취미는 'I AM NOT PLASTIC' 빨대를
발견할 때마다 찍고 흐뭇해하기다.

싸이월드가 끝물이었던 때, 파도를 타다 우연히
그의 소식을 듣게 되었다.

아...
여자친구가
생겼구나.

변치 않을
거라는 말을 믿고
싶었는데...

아, 그랬구나...
생겨 버렸구나...

그 후로는 잊고 살았다. 가끔 이상한 꿈을 꾸긴 했다.

악몽도 아닌 꿈에서 깬 민희씨는 식은땀까지 흘리고 있었다.

그 꿈이 신호탄이었을까? 몇 년 만에 그에게서 연락이 왔다.

여느 때의 데이트처럼 밥을 먹고, 커피를 마시고, 지하철역으로 향하는 길에 어색해진 손도 한번 잡아 봤다.

헤어지기 싫어하는 연인들처럼 손을 잡고 지하철 역 주위를 몇 바퀴 빙빙 돌았다.

그 뒤로 연락은 없었다. 전화를 받지 않을까 봐 민희씨도 걸지 못했다.

213

그 후로 1년이 좀 더 지났을까? 페이스북 친구의 게시물에서 그의 코와 똑 닮은 남자 아기와 그의 사진을 보게 되었다.

김칫국을 잔뜩 들이켠 게 억울한 민희씨는 생수를 벌컥벌컥 마셨다.

20. 디테일이라는 높은 벽 ①

기다리던 눈이 잔뜩 내리는 날
잠시의 고민도 없이 우산을 쓰고 눈 속을 걸어가다
문득 어른이 되었다는 걸 실감하는 민희씨

민희씨의 친구 박애주씨는 박애주의자다.

그렇게 된 데에는 여러 가지 영향이 있겠지만 첫 번째는 사랑의 한계이다.

두 번째는 그녀의 사람에 대한 태도이다.

그녀는 민희씨의 얼마 남지 않은 결혼하지 않은
친구 중 하나이다.

민희씨의 시답잖은 질문에 엄마의 기준에서 추가된
자신의 기준을 이야기했다.

고개를 끄덕이면서도 딴 곳을 바라보는 민희씨를
보며 애주씨는 추가로 더 기준을 제시했다.

막연히 착하고
성격 좋은 사람 그런 거 말고,
안경이 잘 어울리는데
그게 자신의 성격까지 나타내 주는
미묘함 있잖아.
옷을 입는 방식. 책을 대하는
태도 같은 것들.

아.....

어.그래

음......

다 듣고 난 민희씨가 한마디 거든다.

뭐 다 맞는
말이긴 한데,
그 기준에 다 맞는
사람이 있을까?

엄마의 기준
만으로도 충분히 높았는데,
이젠 불가능이라고
봐야지.

허허...

모든 사람을 사랑으로 포용하는 애주씨가 디테일 이라는 높은 벽에 부딪혀 결혼이라는 길을 포기하게 된 것인가?

다들 낮추라고 해서 눈은 많이 낮췄는데, 디테일이 세지니까 눈 낮추는 것보다 더 힘든 것 같아.

하하…

숭토블한 기운이 느껴진다아…

민희씨는 조금 슬퍼지려 했으나, 애주씨에겐 이름이 담긴 다른 뜻이 있어 슬프지 않았다.

즐겁게 일하면서, 건강 챙기고, 내가 좋아하는 술 마시면서 그렇게 사는 거지.

당신의 눈동자에 건배~

그래, 그렇게 행복해라.

쏙닥 쏙닥

그렇습니다. 그녀는 애주가입니다.

20. 디테일이라는 높은 벽 ②

집 앞 슈퍼에서 비닐봉지를 거부하고
두 팔 가득 과자봉지를 안고 돌아오는 길
이건희도 안 부러운 민희씨는 서른 9살

넓고 얕은 취향을 갖고 있는 민희씨와는 달리 애주
씨는 좁고 깊은 취향을 가지고 있다.

애주씨와 여러모로 공통점을 갖고 있던 맞팔러가
있었는데, 그를 취향남이라고 부르기로 했다.

오~ 이거
다 읽는 건가?
취향남씨 책 엄청 많이
찍어서 올리네.
커피도 그렇고.

응 번호도
주고받았는데,
우리 집 근처 디자인
회사에서 일한대.
언제 한번 보기로
했어.

얼굴
사진도
없네~

응,
뭐 나도
없잖아

그 후로 늦은 밤 취향남에게 걸려 온 전화를 받은
애주씨

회식하고
집에 가는 길이에요.
전화 통화 괜찮아요?

네.
집에서 와인 한잔
중이었어요.

아 진짜요?
그럼 만나고 갈 걸 그랬나?
어쩌고저쩌고...

꽤 많은 이야기를 주고받은 후, 대화가 잘 맞는
그들은 더욱 자주 톡으로 연락했다.

그러던 어느 날 친구들과 한잔하던 애주씨는 심야
영화를 보자는 취향남의 연락을 받았다.

많은 대화를 했지만 어색한 첫 만남, 심야영화를
보고 취향남은 애주씨를 집에 데려다주고 사라졌다.

어이없어 하는 애주씨에게 흥분을 가라앉힌 민희
씨가 씁쓸한 한마디를 건넨다.

21. 나이 상대성이론 ①

잔뜩 움츠리고 외출조차 만만치 않은 요즘
한결 얇아진 옷, 나뭇가지마다 봄을 준비하는 봉오리들
어떻게든 봄날은 오고 계절이 바뀐다.

민희씨는 어린이가 좋았다. 빨리 어른이 되고 싶지
않았다.

대학에 갓 입학해 기숙사에 살게 된 민희씨.

스무 살이 되면 그냥 성인이 되는 거지. 어른은 아니구나.

하지만 옆방에 휴학까지 하고 4학년이 된 언니들을 봐. 엄청 어른이야.

오~

이젠 No 어린

겨우 4살 많을 뿐

그냥 씻으러 가는 중잉 →

4년 뒤, 여전히 대학생인 민희씨는 같은 방에 배정된 신입생을 보며 1학년 때를 생각했다.

어렵게 생각하지 말고 편하게 해요. 저 그렇게 무섭지 않아요. 호호호

날마다 볼 텐데, 같이 말 놓을까요?

무슨 생각 하는지 보이는구나. 내가 엄청 어른 같겠지만 전혀 아니란다.

경직 경직

이런 경험 그리고 드라마와 영화, 소설 등에서 발견한 것들을 모아 나이 상대성이론을 정리한 민희씨

민희씨가 대학 4학년 때인 24살, 당시 인기를 누렸던 드라마 〈내 이름은 김삼순〉이 대표적인 예다.

그런데 6년 뒤, 〈여인의 향기〉라는 드라마에서도
김선아는 비슷한 역할로 등장했다.

서른이었던 민희씨와 친구는 김삼순의 나이를
찾아보고 한동안 말을 잃었다.

말없이 한참을 드라마만 보다 말을 꺼낸 민희씨

그래도 우리 나이와 함께 시대도 변해서 그나마 다행이야.

곧 우리 나이가 시대를 앞지를 수도 있어. 방심하지 마.

하하하 예리한 것!

아하하하

서른여덟의 민희씨, 〈검색어를 입력하세요 WWW〉를 시청 중이다.

임수정이 나랑 같은 나이로 나오네. 아직은 시대와 함께 나이 들고 있구나.

하얌 10살연하 갈기용~

방구석 아이패드

아직도 NO 어른

하지만, 임수정은 대기업 본부장이라니... 어른이네. 엄청 어른이야.

21. 나이 상대성이론 ②

듣고,
보고,
마시고,
개운하고

♪~

♪~

초X탄산수
혹은 토X비 라임을
즐겨 마셔요!

톡톡

톡톡톡

도시에 살아도 섬에 사는 기분에 가슴이 답답한 요즘
'뚜껑 따는 소리, 톡톡 터지는 기포, 목구멍을 훑고
내려가는 느낌' 탄산수에 중독된 민희씨

나이 상대성이론이 통하지 않는 시대나 상황과 관련
없이 특정 나이에 고정되어 있는 상황도 있다.

이런 것을
'특정 나이 상대성
이론'이라고
부릅니다.

누가요?

엥?
청들어 보는데...

제가

푸릉!

– 나를 진지하게 원맨쇼 중입니다 –

230

민희씨의 둘째 언니가 20대 중반이었던 어느 날, 엄마가 한의원에서 처방해 준 약을 먹고 상태가 안 좋아지신 적이 있다.

상황을 설명하는 언니의 목소리가 어려 보였는지 한의원에서 몇 살이냐고 물었다.

갑자기 나이를 물어봐서 언니도 모르게 대답했다고
한다.

아이고
아픈데 너무 웃기다.
아하하하하하
아이고

심각한 상황인데
나 왜 이런 거야.
아하하하하하하

아~배 아파

아이고 배아

다행히도 언니가 운전해서 한의원에 모셔 가 잘 해결되었습니다.

긴박한 상황에서 '나이가 어떻게 되세요?'라고 묻는
다면 민희씨는 아마 28살이라고 대답할지 모른다.

더 어린 나이로
대답할 수도 있을 텐데
왜 28살이지?

그때 나에게
무슨 일이 있었던
걸까?

흐음…

아니면
내가 허용하는
내 나이인가?

스물여덟 나이에 민희씨가 했던 거라곤, 몇 년째 취업전선에서 고군분투한 것뿐이었다.

스터디도 하고, 닥치는 대로 책을 읽고, 토론도 했던 것 같고, 아침 일찍 밥을 해 먹고 도서관에서 가서 공부했던 기억뿐이야.

왠지 그때 성장이 멈춰서 더 이상 나이가 들지 않는 기분이 들어.

이야기를 들은 친구 익현씨가 묻는다.

그때 특별히 가슴 아픈 연애를 했다던가, 뭔가 엄청난 사건이 있었던 건 아닐까?

흐음 그건 아니었던 것 같은데... 스무 살 때 왕자님 이후로 심하게 가슴 아픈 실연을 겪은 적은 없으니까.

그럼 뭐지? 아니면 그때가 오히려 가장 즐거웠을 때였나?

순간 민희씨 머릿속에 번뜩 스치는 생각이 있었다.

그때가 앞으로의 내 인생을 결정하고 도전하는 마지막 시기였는지도 몰라.

마지막으로 꿈을 꿨던 때였는지도

하하...

일명 막차라고도 하지.

순간 울적해진 분위기에 화제 전환을 시도하는 익현씨

근데 너네 언니는 왜 열일곱 살이라고 한 거야?

난 1８세도 아니고!!

크크크크

글쎄... 어려지고 싶은 인간의 욕망이 나온 건가?

나도 열일곱으로 돌아갈래~

22. 외로움이 나를 부를 때 ①

커피를 마셔도 바로 누우면 기절하듯 잘 잤었지.

나도 변하고 있네...

카페인이 들어가지 않은 커피를 왜 마셔야 하냐며 그건 커피가 아니라고, 그럴 거면 마시지 말라던 민희씨 오후 5시 이후엔 디카페인을 마십니다.

나이가 들수록 좋은 점이 많지 않은데, 그중 그나마 괜찮은 건 외로움에 익숙해진다는 사실이다.

외로움? 그게 뭔가요? 저는 외로움을 잘 타지 않아요.

외로워 보일 수는 있죠. 그렇다고 그게 진짜 외로워서 외로워 보이는 걸까요?

흐에흐에...

아니에요. 외로움은 보이지 않아요. 무슨 소리냐구요?

글쎄요... 질문이 뭐였죠?

스무 살 초반, 연애가 끝나면 민희씨는 한동안 외로웠다.

이내 그 빈자리가 친한 친구들로 메꿔지고, 일상의 분주함으로 채워지면 외롭지 않았다.

이런 루틴이 지나고, 몇 년 전까지만 해도 외로움은 의외로 굉장히 일상적인 순간에 잔잔하게 훅 밀려 오곤 했다.

너 참 괜찮다. 자주 올게.

헤헤...

하하

여기서부터는 지극히 개인적으로 꼽는 잔잔하고도 후~욱 하고 어퍼컷으로 들어오는 외로운 순간들입니다.

-감정 만신창이-

큰 프로젝트나 바쁜 스케줄을 끝내고 여유가 생긴 어느 퇴근길

잘 끝났어?

와~ 다 끝났다!

피곤하지만 기분 좋아!

왠지 공허하고 외롭다.

오랜만에 참여한 모임에서 내내 기분 좋게 한껏
수다를 떨며 웃고는 헤어져 집에 오는 길

봄에서 여름으로, 여름에서 가을로 넘어가는 선선한
저녁 달라지는 공기가 느껴질 때

주말 오후, 굉장히 눈부신 날 창문을 열고 살랑거리는 바람을 느끼며 낮잠을 자다가 어두워질 무렵 깼을 때

이렇게 말하는 민희씨를 보고 친구인 익현씨가 말했다.

22. 외로움이 나를 부를 때 ②

베짱이 감성이 풍부하게 차올랐을 때
기타를 배웠더라면 좀 더 쿨한 베짱이가 되었을 텐데
생각해 보는 민희씨는 요즘 적재에 푹 빠져 있다.

외로움이 극에 달했던 순간들도 있었다.

하지만 언제까지 외롭다고 징징대며 웅크리고 있을
수만은 없기에 여러 가지 방법을 써 보기도 했다.

꽤 그럴싸하지만 사람들에게 둘러싸여 있을 때의
외로움은 혼자일 때의 외로움보다 컸다.

공허한 마음을 채우고자 책을 읽고, 영화를 보고,
취미 생활을 시작해 보았다.

외로움을 극복하고자 하는 것들이 실패로 돌아가던
몇 년 전 민희씨는 더 이상 외로움을 거부하지 않기로
했다.

민희씨는 결전의 장소로 부산을 선택했다. 5월 초 2박 3일 연휴 기간에 혼자 부산으로 떠나기로 했다.

여행 이틀 전, 불안함과 설렘의 중간에서 목감기의 기운을 느낀 민희씨는 퇴근길에 병원을 들렀다.

며칠 후 서울로 돌아오는 KTX 안의 민희씨는 처참한 몰골로 좌석에 몸을 맡기고 있었다.

하아... 외로움이고 나발이고, 아플 땐 그냥 집에 있는 게 최곤데... 사서 고생하는구만.

하악 하악 빨리 집에 가서 쉬고 싶다.

나 홀로 부산 여행 이후, 외로움이 아무리 민희씨를 불러도 반응하지 않았다.

집에 돌아와 2박 3일을 침대에 누워 앓으면서 깨달았지.

외로움을 느낄 때가 그나마 내가 건강하고, 여유 있었다는 사실을.

알고 나니 즐기게 되더라고.

칫! 재미없어.

민희씨의 개똥철학을 들은 친구 애주씨는 의심의 눈초리로 물었다.

민희씨의 이마에 잠시 손을 얹은 애주씨

245

23. 몸이 재산이라면 난 가진 것 없네 ①

오늘도 웹툰이 안 올라오네. 작가님 무슨 일 있으신가?

힝...

웹툰 읽고 힘 좀 내 볼까 했는데.....

사람은 굉장히 별거 아닌 일에 동기가 유발되기도 하고
한순간에 힘이 쭉 빠져 아무것도 하고 싶지 않기도 한다고
스스로에게 변명해 보는 민희씨

시골의 어느 마을, 민희씨는 집에서 태어났다.

쌔근쌔근

그렇습니다. 엄마는 책상다리를 잡고 아빠가 탯줄을 잘랐습니다.

그 당시에는 일반적이었다고 하지만 제 친구들 중에서는 찾아보기 힘듭니다.

흑흑...

일일해설사

시골에서 건강하게 잘 자랐을 것 같지만 4남매의
막내는 어릴 때부터 잔병치레가 많았다.

초등학교 입학 무렵 도시로 이사를 갔고, 앞에서
두, 세 번째 줄에 앉을 만큼 보통의 아이로 자랐다.

초등학교 4학년 때 우유 빨리 마시기 시합을 하던 중, 상한 우유를 마시게 된 민희씨는 더 이상 우유를 마시지 않게 된다.

초등학교 6학년 때 육상부에서 높이뛰기 선수로 활약했고 학교 대표로 지역 대회에 나가기도 했다. 이때가 민희씨 운동 역사의 정점이었다.

H.O.T. 빠순이 시절 장우혁 역할을 맡아 소풍, 학교 축제에서 두각을 나타내는 듯했으나 중학교 때까지 만이었다.

170cm가 되었던 고등학교 때는 체육 선생님들의 러브콜을 받으며 체육부장으로 점찍히기도 했다.

그렇게 몸을 사용하지 않은 채로 곱게 서른 후반의 나이가 된 민희씨

일 년에 두 번 정도는 크게 감기를 앓고, 환절기 때마다 비염에 시달리고 있으며, 과민성 대장증후군으로 휴가와 연가를 대부분 사용하고 있습니다만 이 정도면 괜찮은 거 아닌가요?

어느 날 친구 애주씨와의 대화 중에 자각한다.

이제 결혼은 그른 것 같은데, 아프면 자기만 손해야. 건강이 최고야. 너 운동 좀 해?

응? 숨쉬기 운동?

개그라고 하는 거야? 몇 년 뒤를 내다봐, 혼자 아파 봤자 아무도 없어.

응????

23. 몸이 재산이라면 난 가진 것 없네 ②

올해 처음 반팔 티와 발목 양말을 꺼내며
계절의 변화에 무뎌짐을 발견하는 민희씨는
한때 개 멋 부리다 얼어 죽는 아이였다.

민희씨도 사람들이 하는 흔한 실수를 저지르기도
했다.

다행히도 돈은 다 돌려받았습니다. 흑흑

친구 따라 강남 가고자 친구 집 근처 요가원에
등록해 보기도 했다.

이런 민희씨가 운동을 본격적으로 해야겠다고 다짐
하는 계기가 있었다.

계기는 있었으나 의지가 없었던 민희씨는 침대에서 여전히 뒹굴뒹굴하며 SNS를 뒤적이다 홈트를 발견한다.

오! 이거라면 돈도 안 들이고 굳이 어디 가지 않아도 되겠는 걸!

-상상도-

주 3일, 한 달 정도의 홈트는 계속되었다. 하지만 운동의 3대 요소인 돈, 시간, 오기에서 한 가지가 빠졌다는 걸 알게 되었다.

역시 돈도 안 들이고 시간도 내 마음대로 할 수 있는데 혼자 하려니 오기가 안 생기는군.

러언지~

흡!!

내가 무슨 먼지영화를 보려고...

마침 아파트 헬스 센터에서 요가 회원을 모집한다는
공고를 보고 언니와 함께 등록하기로 한 민희씨

저렴한 가격에 장소가 아파트 단지 내라는 점,
언니와 함께 다닌다는 3박자가 맞춰져서 2년
가까이 다녔다.

요가 선생님이 그만둔다는 소식을 접하던 무렵,
친구 애주씨에게 귀에 못이 박히도록 들은 수영을
배우기로 하는 민희씨

운동의 3대 요소가
심하게 투자되는군.
수영복, 수영 모자, 물안경 사야 하고,
한달에 4만 4천 원, 수영 시작 30분 전에
가서 씻고 수영복 입고 들어가야 하고,
수영하고 나와서 또 씻고 머리 말리고
돌아오면 총 3시간은 소요되겠군.
거기다 혼자 다녀야 하는데
과연 나는 이 운동을 정복할 수
있을 것인가!!

수영, 그것은 민희씨에게 의외로 잘 맞는 운동이었다.
운동의 3대 요소 중 마지막인 오기가 심하게 발동
되었던 것이다.

아 오늘
그날인데 빠질까?

뭐 빠지고 싶음 빠져.
근데 그래 가지고 수영 배우겠어?
뭐 니가 그럴 줄 알았다.

응? 뭐라고??

눈물의 발차기와 음파 호흡이 끝나고 자유형, 배영, 하나씩 배워 나간다는 즐거움이 있었다. 초급에서 중급, 고급으로 승급하는 것도 오기 발동에 충분한 조건이었다.

그러나 다시 한 번 좌절하는 민희씨였다.

24. 후회하지 않는 삶 ①

이 떨리는 마음은 언제 사라질지
처음 계약을 했던 25살의 그때가 생각나는 민희씨는
다시 혼자 나가 살 집을 계약했다.

민희씨는 과거 지향적인 인간이다.

이런 과거 지향적인 인간은 보통 기억력이 좋다.

그리고 이런 기억력은 과거를 추억하게도 해 주지만,
가정법 과거완료형을 만들어 낸다.

도전했던 마지막 해에는 합격하지 못하는 자신에게 너무 화가 났다.

그렇게 몇 년간 과거의 나와 미래의 내가 화해하지 못한 채로 껍데기뿐인 현재의 내가 암흑에서 지냈다.

민희씨는 앞으로는 후회하지 않는 삶을 살아야겠다고 다짐했다.

이 이야기를 듣던 친구 익현씨가 묻는다.

24. 후회하지 않는 삶 ②

이거 사 놓고 한 번 입었나? 젠장!

왜 샀지?

퓨처리즘을 표방한 빈티 나는 네오빈티지 야상

버릴 옷

최근 2년 동안 입지 않은 옷은 버린다 라는 규칙을 정했지만 망설이는 민희씨 미니멀리즘의 세계는 멀기만 하다.

결혼에 대한 이슈가 나오면 민희씨는 항상 시큰둥 했다.

넌 결혼 안 할 거야?

진짜 떨어지기 싫고 좋아 죽겠는 사람 있으면 하겠지. 근데 없으면 굳이 해야 하나?

ㅋㅋ

연애나 하고 싶다.

그럴 때마다 어른들 혹은 기혼자들에게 흔하게 들은 이야기가 있다.

결혼은 해도 후회, 안 해도 후회야. 그러니까 해 보고 후회하는 게 낫지 않겠어?

하하하

아아... 또 그 이야기인 건가?

아... 네...

칫!

유머도 아닌데 웃으면서 이야기하는 게 포인트.

대체 누가 만들어 낸 말이야.

민희씨의 친구 박애주의자 애주씨는 경험주의자다.

뭐든 경험해 보는 게 최고지.

끄덕

끄덕

찌릿!

하지만 이건 이상한 게 결혼 안 하는 쪽도 경험해 봐야 후회하는지 안 하는지 아는 거 아냐?

그렇네. 뭐든 경험해 봐야 답이 나오는데, 이건 양쪽 다 경험할 수는 없는 문제네.

264

한참 머리를 굴리던 애주씨가 민희씨에게 이야기한다.

대학 입학이나 인턴 체험처럼 사람의 일생에 한 번쯤은 경험해 보는 게 좋다 정도의 일로 치부되는 것 같아.

민희씨가 말을 이어 간다.

집으로 돌아오는 길에 좀 더 어린 시절을 떠올렸다.

분명 민희씨의 일생에도 결혼이라는 옵션은 존재했다.

꽃샘추위에 아직은 쌀쌀한 밤 기온이지만 불어오는 바람만은 따뜻했다.

하늘에 반짝이는 빛이 인공위성인지 별인지 알 수 없다는 사실이 슬펐다.

일상이 너무 달라진 삶에 찾아온
또 다른 자아가 낯설다는 민희씨는
뿌리 염색을 위해 1인 미용실에 예약 전화를 건다.

얼리어답터라는 용어를 알기 전의 민희씨는 새로운 것에 쉽게 흥분하는 아이였다.

물건에만 국한되지 않았다.

특히 수련회나 수학여행을 가면 위경련이나 장염
으로 아무것도 하지 못하고 누워만 있기도 했다.

그랬던 민희씨는 전혀 다른 인간으로 30대 후반을
맞이했다.

여행을 가도 흔히들 가는 관광지는 가지 않았다.

음악을 들을 때도 MP3를 사용했다.

이런 민희씨에게 친구 익현씨가 태클을 걸어왔다.

뭐야.
처음엔 니가
얼리어답터라며?

정정하지.
한때는 얼리어답터였던,
새로움에 목말랐던, 꿈 많던
아이 민희. 이제 그녀는
이곳에 없다.

← 각종 박스와 리본들의 무덤

그러던 어느 날, 우연히 듣게 된 한 노래*로 생각에 잠긴다.

처음
듣는 노랜데
너무 좋잖아!

새로움이
무뎌진다는 거,
연애도 마찬가지인
것 같아!

* DPR LIVE 〈KISS ME〉

25. 새로움이 무뎌지는 날들 ②

평소 눈에 뵈는 것 없이 다니는 민희씨가
어느 날 안경을 쓰고 바라본 세상은
너무 선명해서 괜히 눈이 시렸다.

민희씨에게도 가슴이 두근거리다 못해 터져 버릴 것
같은 순간이 있었다.

여러분은 지금 처음 좋아해 본 짝사랑 선배에게 고백받은
한 대학교 새내기의 모습을 보고 계십니다.

때마침 다시 내리기 시작한 비에 우산을 함께 쓰며
첫 연애를 시작했다.

이상하게 다른
연애는 어떻게 시작했는지
기억조차 잘 나지 않는데,
이 기억은 또렷해.

이랬던 연애는 몇 달 가지 못했다는 게 이 이야기의 핵심입니다.

가슴 아픈 이별 후에도 연애 초반의 달달함을 잊지
못해 새로운 연애를 시작했다.

집 앞에서
한동안 손을 붙잡고
바라보던 기억

늦은 밤,
낮은 목소리로
불러 주던 자장가

몇 번의 이별이 반복되고 나니 책임감이 필요 없는
연애 전의 설렘만 원했다.

밥 먹고,
커피 마시고, 영화 보고,
손 잡을까 말까 고민하는 그런
간질거리는 거 말이야.

민희씨의 20대엔 썸이라는 단어는 존재하지 않았습니다.

30대에 접어들며 더 이상 연애 체력이 남아 있지
않게 된 민희씨

설레고,
밀고 당기는
그런 거 말고

이미 익숙해져
친구처럼 가족처럼 서로의
침묵이 오히려 든든한 연애
어디 없나요.

네! 없어요!
처음부터 다시
시작하세요!

민희야!
정신 차려!!

↑
급 등장한 작가

민희씨 주변엔 오래 사귀다 결혼한 커플들이 많았다.

한때는 저장되어 있는 '망한 게임 이어하기'를 시도
하기도 했다.

그리고는 벌써 몇 년째 아무런 감정의 동요도 없이
같은 폰을 쓰고, 비슷한 옷을 입고, 읽었던 책을 또
읽고, 먹던 메뉴만 먹는 민희씨

하지만 친구 박애주씨와의 대화에서 묘한 자극을 받는
민희씨였다.

26. 롤 모델 혹은 반면교사 ①

햇빛이 바삭바삭하게 부서지는 날마저
우산 겸 양산을 펼치고 모자, 마스크까지 착용한 민희씨
맞나요? 알아볼 수 없다.

민희씨의 집이 팔렸다. (엄밀히 말하자면 부모님의 집)

민희씨의 흔들리는 눈빛을 발견한 엄마가 말을 건넸다.

그순간 궁금증이 생긴 민희씨.

그러고 보면 민희씨 주변에서는 비혼을 선언하고
홀로 평안한 생활을 하는 사람을 찾아볼 수가 없다.

애주씨의 대답을 들으니 비혼이라는 단어가 더
현실성 없어 보였다.

280

그러다 20대 후반에 잠깐 친했다가 멀어진 한 언니가
생각났다.

너 그 언니
기억 나?

아, 언행이
불일치했던 언니?

응. 그때 그 언니가
했던 말이 계속 기억에 남더라고.
"니 주변엔 너무 좋은 환경에서
자란 사람들만 있어"라던.

취업시험에 계속 실패하고 좌절하던 중 진로를 고민
하는 민희씨에게 삶의 선배랍시고 했던 조언이었다.

그땐 그 말을 듣고 '내가 너무
배가 불렀구나' 자책까지 했었지.
곱게 자라서 고생을 모른다며
아픈 상처에 소금 뿌린 거지.

그냥 자신의 삶에
만족하지 못해서 삐뚤어진 마음을
너에게 푼 거였잖아.

하지만 그 말이 계속 생각나는 이유는 따로 있었다.

이야기를 들은 애주씨가 시니컬하게 대답했다.

26. 롤 모델 혹은 반면교사 ②

> 그 누구에게도 설명할 수 없는 이 기분 ♪

텀블러에 녹지 않는 아이스커피
멀리서 불어오는 1단 바람과 김현철의 〈오랜만에〉
완벽한 초여름 밤의 소소한 즐거움

민희씨의 부모님은 집을 구하기 위해 고향으로 내려
가셨다.

> 나 보고 나가라더니 내가 안 나가니 엄마 아빠가 나가네. 흑흑

> 민희야, 너도 살 곳을 알아봐.

바이 바이

안녕—

언제 와요? 빨리 와~

우리(-민희)집

어린 시절 엄마 아빠는 민희에게 영웅이었다.

4명의 자식들을 먹여 살리느라 열심히 일하셨던 아빠

부족한 월급에 도움이 되기 위해 힘든 일도 마다하지 않으셨던 엄마

철없던 민희에게도 두 분의 모습은 너무 멋져 보였다.

그게 얼마나 힘든 일인지 어린 나도 알았던 것 같아.

맞아. 우리 엄마 아빠도 우리를 위해 더 열심히 사셨던 것 같아.

하지만 언제나 부작용은 있게 마련이다.

이미 두 아이의 엄마인 친구 익현씨는 민희씨의 말이
이해되지 않는다.

잠시 옛 기억에 잠기는 민희씨.

그런데 알았던 거야.
우리 집이 그렇게 부유하지도,
내 욕심을 채워 줄 만하지 않다는 것도.
남들과 비슷한 정도로 우리를 키우기에도
빠듯한 살림이었지.

그런데도 우리를 위해서
모든 걸 희생한다는 게
어린 나에겐 너무 대단해 보였어.

어린 시절 가장 좋았던 순간
TV 보다 잠든 날 침실로 데려가던
현재의 민희와 비슷한 나이의 민희 아빠.

민희씨의 독백을 들은 익현씨가 물었다.

그럼 대부분
그렇게 되고 싶어 하지 않아?

아니. 안 될 거야.
난 너무 욕심 많고 나밖에 모르는 사람이니까.
엄마처럼, 아빠처럼 나 자신을 그렇게
희생하면서는 못 살 것 같아.

너무 솔직한 민희씨의 대답에 익현씨가 씨익 웃으며
대답한다.

익현씨의 의미심장한 웃음에 민희씨가 묻는다.

27. 누구에게나 주어진 어떤 하루 ①

평일 낮에 한가로운 사람들을 보며
뭐 하는 사람들일까 항상 궁금했던 민희씨
궁금증이 풀렸다.

후두두둑 세찬 빗소리에 잠에서 깬 민희씨

힘겹게 일어나 방문을 열고 밖으로 나온다.

유산균 두 알을 톡톡 까서 입안에 털어 넣고 물을
마신다.

잠깐만, 민희씨가 평일 오전에 출근하지 않고 집에 있는 이유는 무엇일까? 물어보기로 한다.

아, 제가요.
작은 출판사에 다녔는데,
요즘 좀 힘들었거든요.
무급휴직을 제안하길래
그만둬 버렸지 뭐예요.
하하하하;;;

옳음으로 너길 말이
아닐 텐데...

쪽닥쪽닥

이거
엄마 아빠는 아직 모르시는데,
비밀로 부탁 좀 할게요.

예민희(3X세): 무직, 백수, 한량, 실업자

커피를 한 잔 내려서 소파 구석 자리에 엉덩이를 구겨 넣고 쪼그려 앉는다.

비도 오고, 커피는 맛있고,
저축에 퇴직금까지 하면 원룸 하나
전세로 얻고, 한동안 실업급여 받으며
새로운 직장을 알아봐야겠네.

알아야 됩지...

290

다 마신 컵을 치우고, 더 깊숙이 소파에 몸을 파묻고
생각에 잠긴다.

빗소리가 한층 거세져, 구석에 있던 담요를 꺼내
덮는다.

세찬 비를 뚫고 뛰다시피 달려가 5,000원을 내고
로또를 사서 나온 민희씨.

그래! 이거야! 남편이나
아이들이 있는 것도 아니고,
내 인생을 내가 원하는 대로
하려면 이 로또뿐이지!!

1등이 되어도
벼락부자 정도는 아니지만!
앞으로 한동안은 돈 걱정
없을 테니까!

띠띠띠띠 띠- 띠리리릭! 번호 키 소리에 깜짝 놀란
민희씨는 벌떡, 소파에서 몸을 일으킨다.

응? 아니~
그게 말이야. 응???
나 꿈꾼 건가?

우리 왔다~
집 계약하고
왔어.

아니 그런데
지금 이 시간에
왜 집에 있어?

27. 누구에게나 주어진 어떤 하루 ②

모든 것에는 준비가 필요하다는 걸 안다.
이별을 준비하는 민희씨의 자세
왠지 오늘은 인공눈물이 필요할 듯하다.

민희씨는 밥을 먹다가도 울컥, 괜히 커피를 마시
다가도 울컥 눈물이 나왔다.

민희씨의 작은언니 또한 멀리 가시는 부모님 때문에
뜬금없이 눈물을 쏟았다.

몰래 우는 민희씨와 작은언니네를 두고 떠나는
엄마도 따라 울음을 터트렸다.

이 이야기를 전해 들은 민희씨의 큰언니는 전화기 너머로 아무 말이 없었다.

이 이야기를 다시 전해 들은 민희씨의 엄마와 작은 언니는 엉덩이에 뿔이 났다.

한참 언니들과 엄마를 놀리고 낄낄대며 눈물을 닦던 민희씨는 궁금해졌다.

한 명 한 명 뜯어보기 시작한 민희씨

결론을 내리고 보니 진정 울어야 하는 사람은 민희씨였다.

조용히 총총 방으로 사라진 민희씨는 주섬주섬 짐을 싸며 노래를 부르기 시작했다.

27. 누구에게나 주어진 어떤 하루 ③

새로운 집과의 만남에 낯을 가리는 민희씨
어릴 때부터 친화력이 좋았는데
이제 와서 낯을 가리기 시작한다는 민희씨는 서른 9살

누군가에게 흠씬 두들겨 맞은 듯 온몸이 아픈 민희
씨가 겨우 침대에서 몸을 일으켰다.

민희씨 부모님은 지방으로 가시고, 민희씨는 다시
원룸으로 돌아왔다.

일어나자마자 아직 풀지 못한 짐들을 정리하는
민희씨

민희씨가 이고 지고 온 짐들 중에는 필요 없는 물건이
너무 많았다.

민희씨의 쓰레기 컬렉션을 들은 친구 익현씨는
질색했다.

박스 맨 끝에 작은 파우치 하나를 열어 보고는
사진을 찍어 보내는 민희씨

이것 좀 봐.
우리 엄청 젊었네.
왕자님이며 롤러코스터며
사진이 줄줄 나온다.

이게 얼마 만이야.
스티커 사진이네.
우리 너무 어려 보인다.

몇 년 만에
보는 사진 같아. 이게 이런 데
들어 있었네.

전화를 끊고 사진들을 한참 흐뭇하게 보던 민희씨는
울적해졌다.

다시 올 수 없는 젊은 날의
시절들을 추억하는 건 그만큼
나도 나이 들었다는 거겠지.

앞으로 살 날들이 더 많겠지만
그때만큼 더 많은 나를 찍어 내긴
어려울 것 같아.

내가
판도라의
상자를 열었구언...

때마침 걸려 온 친구 애주씨의 전화에 울적한 마음을
내려놨다.

아까 찍어 놓은 추억의 사진들을 애주씨에게 보내
주었다.

애주씨의 질문에 자기반성을 해 보는 민희씨

일반 쓰레기봉투를 가져와 쓰레기로 분류한 것들을
쓸어 담으며 민희씨가 허탈한 듯 이야기했다.

처음 겪는 이별에 슬픈 감정이 낯설기도 하고 영화 속 주인공처럼 느껴졌다.

하지만 이 노래 저 노래 슬픈 노래들을 듣다 보니 민희씨의 마음을 들여다보기라도 한 듯했다.

그 외에도 수많은 노래를 듣다 보니, 민희씨는 한 가지 깨달았다.

노래를 듣는 동안 시간이 좀 흐르기도 했고, 많은 사람이 느끼는 감정이라니 시큰둥해진 민희씨

그때부터였다. 음악을 듣고 다양한 책을 읽으면서 내가 경험해 본 상황, 감정 들과 비슷한 걸 발견할 때면 묘한 안도감이 느껴졌다.

물론 어릴 때부터 근거 없는 자존감으로 특별한 사람이라고 착각했던 민희씨가 그걸 받아들이는 데는 시행착오도 필요했다.

받아들이고 나니 오히려 앞으로 한 걸음 더 나아가는
사람이 되었다고 이야기하는 민희씨

원하는 직장에 취업하지 못하고,
좋아하는 사람이 날 받아 주지 않고,
돈은 생각만큼 벌 수 없어
좌절할 때도 있지만,

이게 사람이
인생을 살아가며 경험할 수
있는 특별하지 않은 난관이라고
생각하면 나도 이겨 낼 수
있겠지라는
아주 조금의 위안을
얻을 수 있어요.

마지막으로 민희씨가 한마디 하고 싶다고 한다.

어디선가 이 만화를
읽는, 결혼하고 싶지 않았는데
못하게 된 여러분들!

아무 생각 없이 살다 보니
이렇게 돼 버린 사람이 여기 있어요.
이 또한 지나갈 거예요~

309

미공개 단편_ 딱 그만큼만

이름: 고우연
몸과 마음을 갈아 넣은 5년의 연애를 애인의 변심으로 끝내고
싱글이 되어 흘러간 20대의 시간을 보상받고 싶어 하는 인물
모든 종류의 운동을 좋아하고 수다와 쇼핑을 사랑하는
초식남이라기보단 저탄고지를 지향하는 단백질남

회사 주차장에 주차를 하는데 한 얼굴이 떠올랐다.

아! 민희*는
지금 어떻게 살고 있을까?
잘 지내나?

연락처가 있던가?

*민희: 초등학교 동창으로, 수능 후 자주 놀았던 친구

연락을 안 한 지 10년 정도 지난 후라 연락처는
없었는데, 홈페이지가 생각났다.

오! 아직 홈페이지가 있네.
얜 여전하네.
글이나 남겨야겠다.

그래 이런 거라도 하니까
잠시나마 서현이 생각이
안 나네.

그 후로 서현이와 함께했던 것들을 민희와 함께
나누고 있었다.

그렇게 몇 달, 민희를 만나면서 점점 서현이는 잊혔고
새로운 만남에 대한 호기심이 생긴 우연씨

민희의 훅 들어온 고백에 당황하지 않은 척했지만 난처해졌다.

민희는 결혼 생각이 없는 줄 알았는데. 그래서 난 더 쉽게 다가간 거였고.

나랑 사귀자고 할 줄은 몰랐지.

그러게 너무 자주 만난다 싶었다. 내가 그러지 말랬잖아.

싱글 남녀가 그렇게 자주 연락하면 당연히 호감이 생기지.

거 봐라. 형님 말을 들어야지.

친구에게 고민을 털어놔 봤지만 딱히 해결 방법은 없었다.

넌 민희 별로야?

아니 괜찮긴 한데, 민희랑은 사귀는 거 생각해 본 적 없어. 나는 빨리 결혼하고 싶어.

너 되게 별로다.

일단 사귀어 봐. 그리고 괜찮으면 결혼하자고 하던가.

하아... 이놈의 인기란...

어색해져 먼저 연락하기 곤란해진 우연씨

뭐 해?
이번 주말에 볼까?

아… 뭐라고 답하지?
일단 생각이 정리될 때까지
만나지 말아야겠다.

아 미안.
이번 주에는 부모님 집에
갈 것 같아. 미안해.

어색
어색

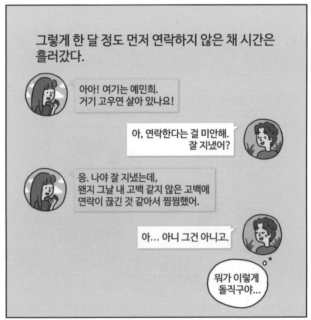

그렇게 한 달 정도 먼저 연락하지 않은 채 시간은
흘러갔다.

아아! 여기는 예민희.
거기 고우연 살아 있나요!

아, 연락한다는 걸 미안해.
잘 지냈어?

응. 나야 잘 지냈는데,
왠지 그날 내 고백 같지 않은 고백에
연락이 끊긴 것 같아서 찜찜했어.

아… 아니 그건 아니고.

뭐가 이렇게
돌직구야…

우유부단한 자신에 조금 실망하는 순간, 민희의
말에 안도감을 느끼는 우연씨

괜찮아. 너의 감정이
딱 그만큼이었다는 걸 알았으니까.
나도 니가 좋아 죽겠다는 거 아니니까.
여기까지 하자. 친구야.

그러니까 내가 더 미안해지네.
그래 언제 만나서 밥이나 먹자.

오야. 좋은 밤.

너두 좋은 밤.

어느 주말 오후, 우연씨는 소개팅 장소로 가고 있다.

317

언젠가 만나서 먹자던 밥은 끝내 먹지 않았고,
우연씨는 1여 년의 연애 끝에 결혼을 한다.

- 끝 -

결혼하고 싶지 않았는데
못하게 되었다

ⓒ 2020 정변

인쇄일 2020년 10월 19일
발행일 2020년 10월 26일

지은이 정변
펴낸이 유경민 노종한
기획마케팅 1팀 우현권 **2팀** 정세림 금슬기 최지원 현나래
기획편집 1팀 이현정 임지연 **2팀** 김형욱 박익비
책임편집 김형욱
디자인 남다희 홍진기
펴낸곳 유노북스
등록번호 제2015-000010호
주소 서울시 마포구 월드컵로20길 5, 4층
전화 02-323-7763 **팩스** 02-323-7764 **이메일** uknowbooks@naver.com

ISBN 979-11-90826-21-1 (03810)